倡导诗意健康人生　为诗的纯粹而努力

中国诗歌
CHINESE POETRY

2019年度民刊诗选

主 编 ○ 阎 志

人民文学出版社
PEOPLE'S LITERATURE PUBLISHING HOUSE

图书在版编目（CIP）数据

2019 年度民刊诗选/金铃子等著. —北京：人民文学出版社，2019
（中国诗歌/阎志主编）
ISBN 978-7-02-015875-1

Ⅰ.①2… Ⅱ.①金… Ⅲ.①诗集-中国-当代 Ⅳ.① I 227

中国版本图书馆 CIP 数据核字（2019）第 255959 号

主　　编：阎　志
责任编辑：王清平
责任校对：王清平
装帧设计：叶芹云

出版　人民文学出版社有限公司　http：//www.rw-cn.com
地址　北京市朝内大街 166 号　邮编 100705
印刷　湖北新华印务有限公司
经销　全国新华书店
开本　880 毫米×1230 毫米　1/32
印张　10
字数　180 千字
版次　2019 年 8 月北京第 1 版　2019 年 8 月第 1 次印刷
ISBN　978-7-02-015875-1
定价　39.00 元

《中国诗歌》编辑部
武汉市江岸区惠济路 3 号卓尔书店　邮编：430000
发稿编辑：刘蔚　熊曼　朱妍　李亚飞
电话：027-61882316
投稿信箱：zallsg@163.com

如有印装质量问题，请与本社图书销售中心调换。电话：010-65233595

《中国诗歌》编辑委员会

编委
（以姓名笔画为序）

车延高	北 岛	叶延滨	田 原
吉狄马加	李少君	杨 克	吴思敬
邹建军	张清华	荣 荣	娜 夜
阎 志	梁 平	舒 婷	谢 冕
谢克强	雷平阳	霍俊明	

主　　编：阎　志
常务副主编：谢克强
副 主 编：邹建军

目 录

《左诗》诗选 ·· 1
　霜降辞 ···································· 李皓 2
　飞机将要降落在北京 ························ 聂权 2
　风暴 ···································· 白小云 3
　农妇的哲学 ································ 熊曼 4
　后遗症 ···································· 雷文 5
　钟声 ···································· 冷眉语 6
　在纷繁的人世 ······························ 叶秀彬 7

《端午》诗选 ·· 8
　爬山小记 ·································· 谭克修 9
　理想主义者的忧郁 ·························· 程一身 10
　一场大风（外一首）························ 谷莉 11
　小调·第四个业务员 ························ 汤凌 12
　黎明五点钟 ································ 王家新 13
　遥感 ······································ 翟永明 14

《新湖畔》诗选 ·· 15
　白发渐长 ·································· 泉子 16
　在宝石山中听江离谈诗 ······················ 沙之塔 16
　登香山记 ·································· 林宗龙 17
　无题 ······································ 袁行安 18
　山中喜遇白鹤 ······························ 许春夏 19
　白云大餐 ·································· 敖运涛 20

1

今夜在拱宸桥 ………………………… 双木　21

《第三说》诗选 …………………………………　22
孤独 …………………………………… 辛泊平　23
冷冰川 ………………………………… 康城　24
冷风吹 ………………………………… 冰儿　25
这里 …………………………………… 林程娜　25
旧时光 ………………………………… 张朝晖　27
面对自然的时候我很不自然 ………… 落地　28
秘密 …………………………………… 朱佳发　29
女唱师 ………………………………… 格式　29

《走火》诗选 ……………………………………　31
在医院 ………………………………… 西左　32
大雪封山 ……………………………… 其川　33
关连 …………………………………… 朱永富　33
散步 …………………………………… 空格键　34
黑暗观察员 …………………………… 罗霄山　35
在动物园观赏鸟 ……………………… 陈翔　36
落在屋顶上的雪 ……………………… 木铎　38

《麻雀》诗选 ……………………………………　39
像羊一样说话 ………………………… 刘频　40
掌心里拱出一棵树 …………………… 唐丽妮　42
三百克的猫 …………………………… 蓝敏妮　43
家乡这条河 …………………………… 飞飞　43
奔跑的小草 …………………………… 周统宽　45

《几江》诗选 ……………………………………　46
祭祖帖（外一首） …………………… 金铃子　47
汤匙赋（外一首） …………………… 余真　48

白纸 ···················· 李看蒙　50
　　黄庄的油菜花又开了 ·········· 杨平　51
　　我在这里 ················· 戎子　52
　　旅途 ··················· 施迎合　53

《原点》诗选 ················· 54
　　心灵的牧场（外一首） ········ 王志国　55
　　她从田野走来（外一首） ······· 段若兮　56
　　独坐（外一首） ············· 李志　57
　　黑暗说（外一首） ·········· 白玛央金　59

《抵达》诗选 ················· 61
　　柏树 ··················· 汪抒　62
　　等一等 ················· 严小妖　63
　　在那里 ················· 青未了　64
　　孤独颂 ················· 方启华　64
　　寂静 ·················· 赵少刚　65
　　在惶惑和不经意之间 ········· 罗利民　66
　　药引 ··················· 老七　67
　　红色 ··················· 腾云　68

《南京我们的诗》诗选 ············ 69
　　汤勺 ··················· 黄梵　70
　　我永远不明白此时我在想什么 ····· 潘西　71
　　草莓 ·················· 宋夜雨　71
　　从精神病院飞来一张涂鸦 ······ 马号街　72
　　满月 ··················· 王侃　73
　　三十岁之四 ··············· 卢山　74
　　王维 ·················· 耿玉妍　75
　　说起一生 ················· 洛白　76

《群岛》诗选 ·············· 77
　　空旷（外一首）············ 张作梗 78
　　致大海 ················ 中海 80
　　说出（外一首）············ 大解 81
　　大海麦田 ··············· 蓝蓝 83

《轨道》诗选 ·············· 84
　　体内的鸟（外一首）·········· 孙立本 85
　　玉的命运 ·············· 包文平 87
　　在岸边（外一首）··········· 李马文 88
　　苏东坡的海南（外一首）········ 李广平 89

《蓝鲨》诗选 ·············· 91
　　雨下了一天一夜 ··········· 黄昌成 92
　　大彻大悟的空 ············ 米心 93
　　时间把过往撕裂成一条峡谷 ······ 张牛 94
　　夜的尺子 ·············· 陈计会 94
　　伤 ·················· 容浩 95
　　空 ·················· 陈锦红 96
　　暮年 ················· 萧柱业 96

《屏风》诗选 ·············· 98
　　让穷人们打起精神（外一首）····· 羌人六 99
　　回头率················· 刘小萍 101
　　夜，海················· 陈维锦 101
　　桃花至················· 陈建 102
　　窗口（外一首）············ 李龙炳 103

《未然》诗选 ·············· 106
　　秋渐深（外一首）··········· 江南客 107
　　夏（外一首）············· 陌峪 108

终极曲	……………………………	瘦男	109
太极图（外一首）	……………………	乔天正	110
红莲	………………………………	胡从华	112

《零度》诗选 …………………………………… 113

多事之秋	……………………………	笑程	114
身份的质疑	…………………………	苏勇	114
夜行	…………………………………	庄毅滨	115
西河谣	………………………………	詹义君	116
湖底	…………………………………	王冬	117
消逝	…………………………………	却悔	118
奔跑	…………………………………	左存文	119

《桃源诗刊》诗选 ……………………………… 120

用溪水洗头的女人（外一首）	…………	熊芳	121
春雨	…………………………………	刘洁	122
遥远的雪峰山	………………………	周勋伟	123
风	……………………………………	余仁辉	124
血色	…………………………………	张颖阳	125
我梦见自己躺在草地上	……………	胡平	126

《海岸线》诗选 ………………………………… 127

帘（外一首）	………………………	陈雨潇	128
玻璃栈道	……………………………	郑成雨	129
远方，孤独	…………………………	陈华美	131
雷州半岛（外一首）	………………	赵金钟	132
俯瞰（外一首）	……………………	梁永利	133
在祖国大陆最南端看海	……………	凌斌	134

《地头蛇》诗选 ………………………………… 136

身体（节选）	……… 玛西娅·门迭塔·埃斯登索罗		137

5

我与你所期待的爱情	巴达列娃·阿纳斯塔斯亚	138
瓣的回音	艾非	139
无处	宫池	140

《中国风》诗选 … 141

谷雨	梅苔儿	142
霜降	杨建	143
小满	黎凛	143
立秋	黄泥界	144
大寒	邓恩	145
七夕	双面灵龙	146
孤独	陈敏华	147

《中国汉诗》诗选 … 149

骑者与符号的行走（外一首）	李自国	150
夜行人（外一首）	亚楠	152
迟（外一首）	沙克	154
傍晚（外一首）	一度	155

《赣西文学》诗选 … 157

寻（外一首）	漆宇勤	158
顽石记（外一首）	春暖水	159
故人（外一首）	紫溪	160

《湍流》诗选 … 162

失语	冰马	163
空	仪桐	164
活在低处	袁小平	165
天堂的光芒	微紫	166
它	今果	167
瘦马	梁雪波	168

《洛阳诗人》诗选 ·········· 170
　胡杨（外一首） ············ 赵克红 171
　老家（外一首） ············ 董进奎 172
　在壶口 ················ 段新强 174
　下雨了 ················ 常保平 174
　四月物语 ··············· 刘惠霞 175

《白天鹅》诗选 ············ 177
　一只乌鸦（外一首） ·········· 川美 178
　春天的挽留（外一首） ········· 李见心 180
　春天里（外一首） ··········· 胡世远 182
　住在朴舍（外一首） ··········· 汪岚 183
　背叛者 ················ 田凌云 185

《星期六》诗选 ············ 186
　家乡（外一首） ············ 夏斌斌 187
　溪流（外一首） ············ 胡刚毅 188
　归来，看荷 ·············· 邓小川 189
　我害怕的（外一首） ·········· 叶小青 190
　电线杆 ·················· 李洁 192

《壹首诗》诗选 ············ 194
　骗子 ·················· 韦兴生 195
　时光水车 ················ 安琪 195
　一件自动变旧的衣服 ·········· 陈克华 196
　宠物与它的上班族 ··········· 李进文 197
　玉皇山路 ··············· 黄亚洲 198
　等一杯咖啡 ·············· 林凤燕 200

《水仙花》诗选 ············ 201
　风动石 ·················· 黑枣 202

白日梦……………………………………刘黄强 202
从容………………………………………沈国 203
清心帖……………………………………吴常青 204
十二月十八日于庭前虚度半日……………曾永龙 204
寂静降临…………………………………陈三河 205
羊群的暗示………………………………岱山渔夫 206

《诗歌世界》诗选……………………………… 208
我与一座城一起醒来（外一首）…………罗鹿鸣 209
河中人……………………………………马迟迟 211
澧水河畔…………………………………康俊 211
蝴蝶结……………………………………黄峥荣 212
不能言说的秘密…………………………唐益红 213
隐宿（外一首）…………………………何青峻 214

《汴河文学》诗选……………………………… 216
通济渠……………………………………张克社 217
野外独居的老人（外一首）……………潼河水 217
破损的花盆………………………………杨华 219
坐在田埂上………………………………阿光 220
水边的女子（外一首）…………………晓池 221

《河畔》诗选…………………………………… 223
冬风定（外一首）………………………陈巨飞 224
忽然而至的小船…………………………孙苜蓿 225
新春帖（外一首）………………………王太贵 226
没有火，我们用什么抽烟………………何伟 228
名字………………………………………抹园 228
一条流淌的夜色…………………………张文娟 229
床…………………………………………郭洁洁 230

《客家诗人》诗选⋯⋯⋯⋯⋯⋯⋯⋯⋯⋯⋯⋯⋯ 231
  秋天的桉树林（外一首）⋯⋯⋯⋯⋯⋯ 谢夷珊 232
  乡村草木观察员日记（外一首）⋯⋯⋯ 张勇敢 233
  大畲古村的油菜花（外一首）⋯⋯⋯⋯ 惭江 235
  双营中路（外一首）⋯⋯⋯⋯⋯⋯⋯⋯ 柯桥 236

《滴撒》诗选⋯⋯⋯⋯⋯⋯⋯⋯⋯⋯⋯⋯⋯⋯ 238
  多么宽容的一只小甲虫（外一首）⋯⋯ 潘志远 239
  小姑娘（外一首）⋯⋯⋯⋯⋯⋯⋯⋯⋯ 李丽红 240
  青草和野花（外一首）⋯⋯⋯⋯⋯⋯⋯ 李庭武 241
  拐角（外一首）⋯⋯⋯⋯⋯⋯⋯⋯⋯⋯ 叶枫林 242
  烟花潋滟，在岁末总结陈词（外一首）⋯⋯ 杨立 244

《远方诗刊》诗选⋯⋯⋯⋯⋯⋯⋯⋯⋯⋯⋯⋯ 246
  城市蚂蚁⋯⋯⋯⋯⋯⋯⋯⋯⋯⋯⋯⋯⋯ 赵泽波 247
  刀笔手（外一首）⋯⋯⋯⋯⋯⋯⋯⋯⋯ 赵晓梦 248
  盛放⋯⋯⋯⋯⋯⋯⋯⋯⋯⋯⋯⋯⋯⋯⋯ 翁筱 250
  草帽（外一首）⋯⋯⋯⋯⋯⋯⋯⋯⋯⋯ 王爱民 251
  寂静（外一首）⋯⋯⋯⋯⋯⋯⋯⋯⋯⋯ 王大块 252

《新玄幻》诗选⋯⋯⋯⋯⋯⋯⋯⋯⋯⋯⋯⋯⋯ 254
  人间之毒（外一首）⋯⋯⋯⋯⋯⋯⋯⋯ 李红尘 255
  老屋⋯⋯⋯⋯⋯⋯⋯⋯⋯⋯⋯⋯⋯⋯⋯ 肖建国 257
  小芳的蘑菇⋯⋯⋯⋯⋯⋯⋯⋯⋯⋯⋯⋯ 唐芳磊 258
  零点钟声（外一首）⋯⋯⋯⋯⋯⋯⋯⋯ 铎木 258
  船到江河的驿站⋯⋯⋯⋯⋯⋯⋯⋯⋯⋯ 徐有福 260
  枫叶红了⋯⋯⋯⋯⋯⋯⋯⋯⋯⋯⋯⋯⋯ 杨进汉 261

《凤凰湖》诗选⋯⋯⋯⋯⋯⋯⋯⋯⋯⋯⋯⋯⋯ 262
  和解⋯⋯⋯⋯⋯⋯⋯⋯⋯⋯⋯⋯⋯⋯⋯ 胡佳伦 263
  谈⋯⋯⋯⋯⋯⋯⋯⋯⋯⋯⋯⋯⋯⋯⋯⋯ 康泾 264

爱情让诗歌到处开放……………………	向宣黎	265
闹钟响起（外一首）	南方嘉树	266
鸟与江水………………………………………	程叶箴	267
我被刺毛蜇了一口…………………………	烟雨江南	268
我爱上这片锈迹斑斑的梧桐叶…………	沈志宏	269

《鲁西诗人》诗选……………………………………… 270

自己的生平（外一首）	刘星元	271
最小的小（外一首）	刘采政	273
微风吹拂（外二首）	丁占勇	274
繁花起落（外一首）	翠薇	276

《大荒》诗选……………………………………………… 278

鼓藏魂	孙守红	279

《中国现代诗人》诗选………………………………… 286

搬运时光（外一首）	胡有琪	287
故土（外一首）	风吹的方向	289
石榴花开（外一首）	疾风骤雨	290
站起来，不只是一种行走方式…………	麦田	292
立秋，风从故乡来…………………………	黄谷子	293
秋日私语（外一首）	梅兰竹菊	294

《夏季风》诗选…………………………………………… 296

老家具（外一首）	夏杰	297
词语（外一首）	老铁	298
粽子（外一首）	刘亚武	300
变形记……………………………………………	江浩	301
闲来时光………………………………………	澄清	302
奔月………………………………………………	许卫球	303
人间芳华………………………………………	沈学妹	304

《左诗》诗选

《左诗》2010年创刊于苏州,前身为《左诗苑》,创办者冷眉语。已出版13期。秉承"经典、自由,低调、纯净、包容"的开放性办刊理念,面向全国诗坛,尊重文本,唯质是取,不唯名家,不薄新人。提倡真善美,弘扬诗歌精神。

霜降辞

◎李皓

哦！多么好的比喻：秋天的尾巴
我抓着你，我的鬓角正在慢慢泛白

不得不承认，我一直在夹着尾巴做人
可是树叶还是砸了下来，你又一次
点燃了我

这怎么能叫引火烧身呢？
与一粒霜不期而遇，化就化了吧

取暖期即将来临，阳光正在收窄
菊花侧一侧身，你傲慢的眼神
就会挤进更多的稻草

飞机将要降落在北京

◎聂权

一座白银的城池浮现

之后，又接近一座黄金的城池
目力长久沉于黑暗之后
白银给人温暖
而越靠近那黄金
越见金碧辉煌
越觉心慌
我们一生，也走不出它的一个角落
半生，也无法购买
那辉煌中的一星灯火。
平安夜的红色弯月
很美，它浮在美丽之极的城池上
又摇摇晃晃
沉落下去
像是一枚坠饰

风　暴

◎白小云

飓风扫荡村庄
花园里泥浪翻滚
蚯蚓、池鱼、小鸟、大树组成漩涡
吞没自己和旧风景里的秩序
新的星群在艰难形成中
黑暗升上高空，普照万物
大地生长着全新的植物
时间任意加减步子

一日三秋时度日如年
房间变形,长廊通往远方
召唤消失已久的动物

众人皆知的繁华已毁
毕生的财富幸福散尽
他走在路上,走在风暴的中心
挥手所指处电闪雷鸣

农妇的哲学

◎熊曼

马铃薯,山药,花生,芋头
这些埋在土里的
是可以信赖的

西红柿,草莓,完好无损的青菜
这些露在外面的
是值得怀疑的

她说,美好的事物
一开始是黯淡的
它们终年在低处
闪烁着泥土的本色

后遗症

◎雷文

空调在一个月前,就进入了休眠期
室内的书很多,却没有一本开口说话
停电之后,连网络中的远方都停下来
观看午后我精力流失的速度

呼吸里有一种铁锈气味
将我带到茫然的境界
再等半个月,五十岁的分水岭上
注定还要褪下另一层锈蚀
想着想着,我就在沙发上脱离了现实

楼下有位男人在大声喊"二娃"
他喊完了,女人又在喊
惊醒之后,我感觉一个时代被突然切割
在中国消失了几十年的"二娃"
又理直气壮地回来了

如果当年,我和妻子
也横下心做一次选择。现在大娃忙的时候
我就可以给二娃打个电话

钟 声

◎冷眉语

一群早起的鸟儿扑棱棱
在寺外的几株大树间飞来飞去
穿过透明雾岚的钟声很轻
顺着鸟儿的羽翼，滑出很远，很远
山和石头在曦光中一点点柔和起来
屋顶升起温馨的炊烟
一波三折后，河流在大地的掌心
慢慢趋于平缓
鸟儿也是轻的
天空触手可得
有些飞过矮墙
那盘旋之姿优美，恰如某种神谕
这时候，小喇嘛和往常一样
为它们撒上一地稻谷
它们稳稳落下
我的心也为之安静
看它们一粒一粒啄食，从容，警惕
再次起飞，盘旋，接近钟声内部的弧度
某种吻合使人惊讶而虔诚
老喇嘛圆寂后，寺院改革
大红大紫。新闻头条
一波又一波，高过祈福的钟声

人们进入寺内，上香，膜拜
将身体低下去
低至尘埃里

在纷繁的人世

◎叶秀彬

我总想躲避，就像风躲进石头
拥呼啸的潮汐入怀。那么多的错误
都结出缤纷的果实，在枝头
你询问什么？所有的答案
会在黎明的光亮出现之前次第死去

那么多的人都在打捞自己
那么多的人在努力给自己洗白
大半个人世已经衰老，我一生
只想在最安静的时刻
呷一口风尘过后的沧桑
然后，与黑暗同归于尽

以上均选自《左诗》2018-2019双年选

《端午》诗选

《端午》2018年6月创刊于贵州,季刊。主编赵卫峰,主要成员西楚、朱永富、程一身、刀刀、樊子、方文竹、霍俊明、李以亮、梁雪波、林馥娜、杨碧薇、张德明等。力求搭建质量和品位的诗与思园地,为中国诗歌文化之林添绿。

爬山小记

◎谭克修

脚下的胶鞋能像注射器吗
把一个气喘吁吁的中年人
体内的脂肪和湿气
一针一针,压入山体
你年纪轻轻
就害怕身体里下垂的东西

几只柳莺在老樟树上跳跃
又轻快飞过
无意中亮出一对沉重的
厌倦飞行的翅膀
下山的人,脸上写着胜利
脚下像溃散的逃兵

让那个脸色苍白的男子
扶着岩石呕吐吧
他越来越虚弱
让他在岩石上趴一会儿
没人能阻止他,越来越像
一片被岩石呕吐出来的苔藓

你一路寻找爬山的动力
并再次求助于夕阳
但，它不过是
通往黑夜的一个陷阱
它很快会把月亮赶出来
蹲守树梢，像沉默的猫头鹰

理想主义者的忧郁

◎程一身

飞舞的蝴蝶不知道自身很美
它爱这朵花也爱那朵花
没有什么道德限制它

花朵不知道自身的倒影很美
也不把喜爱它的蝴蝶叫作恋人
只是随时接受它的爱抚

更好生活的诱惑
破坏了原本可以平静享受的日子

此刻我拒绝把贴在暮色枝叶间
厚薄不均的那张圆圆白纸叫作月亮
我叫它遥远，不可抵达

一场大风（外一首）

◎谷莉

一场大风能吹乱一个女人的头发
和她认真的一生
一场大风也能折断一棵自以为粗壮的树
和它苦苦守卫的爱情
一场大风甚至能使站在山顶的石头摇晃
使握住石头的人飞向天空
一只鸟，艰难地飞翔
一片羽毛落下来
那是风中芦苇
有多柔顺，就有多坚韧
比一个女人，比爱情更好看

未完成的画

你所留下的空白恰是我喜欢的
晨阳如鼓，无人敲击，他内心的动荡
却抑制不住。

白云染上橙色的晕
应是初见模样。我在你面前氤氲
多么美，多么模糊的幸福

画笔在此停顿，忧伤的草如箭镞
你要小心。白鸟撕碎心爱的羽
点点光亮替我飞翔

关于伫望的城楼，我喜欢你只画出轮廓
仿佛可以晃动的水波
载着余生

以上选自《端午》第 2 卷

小调·第四个业务员

◎汤凌

他漂浮在泥沙语词的江面
他漂浮在大数据水上

终至与世孤绝，大江自腋下北去
这个国度曳光弹彻亮，这座城市的倒影
灯光璀璨，他通过合同数字计算
经世济用，莫如"苔花如米小"

最后终会轮到自己。秋日已至，麻雀
在处暑浓荫里飞停，急促促
信用卡倒腾每月家庭支出

嗅嗅鱼腥味河风
数据线牵引冲天鹤与蜗牛意志

靠天吃饭。于洄水湾垂钓求一丝安慰
琐碎。他说,他属于这条河,奇怪的梦
蓬头垢面鬼的语词江上
他的模糊倒影消解于辽阔璀璨灯光

黎明五点钟

◎王家新

黎明五点钟,失眠人重又坐到桌前。
堆满的烟灰缸。与幽灵的彻夜交谈。楼道里
永别的脚步声。如果我有了视力,
是因为我从一个悲痛之海里渐渐浮出。
第一班电车在一个世纪前就开过了,
鸟巢里仍充满尚未孵化的幽暗。
在黎明五点钟,只有劳改犯出门看到
天际透出的一抹苍白的蓝;
也有人挣扎了一夜(比如我的母亲),并最终
停止呼吸,在黎明五点钟,在这——
如同心电图一样抖颤的分界线。

遥 感

◎ 翟永明

当我的身体与你一同
抵达高峰
当我攀登穿过肉体的中心
我的声音与你的如此接近
突然一阵摇晃

吊灯升起来　形成一条波浪
冰箱踮起脚尖
成堆的书向我涌来
三分钟　成为我的皮肤

我的心摇晃起来
照见我的身体　战栗如一条曲线
我的身体变冷　也如冰箱
瞬时结满冰块

以上选自《端午》第 3 卷

《新湖畔》诗选

　　《新湖畔》2017年创刊于杭州，主要成员许春夏、卢山、双木、北鱼、袁行安、尤佑等。立足文化江南杭州，面向中国诗歌场域，开自由之风，向湖山致敬。

白发渐长

◎泉子

头发最难看是白发渐长
而大雪依然未能将你整个头顶覆盖之时,
就像这深秋的荷塘,
衰败已显而易见,
而枯萎依然枯萎得不够,
而对岸的云亭
依然不得一览无余。

在宝石山中听江离谈诗

◎沙之塔

树下,阳光降低了语调。
行人正从篱笆后面上山,
几把折扇和孩子举过肩头的
矿泉水在竹格中闪过。

树叶也在所有息屏的手机中
摇曳。一种意趣耐心地把句子摘入

温水中，我们喝的龙井、菊花
也添入了一小勺西湖晴光。

几枚塘栖枇杷散漫地滚动着。
剥去柔韧的皮，甜味引入了
一层更新鲜的意义，在顿悟之后，
句子推开了云朵隐秘的门。

已到了游湖的时刻，人群正熙攘地
拥怀暖风。而我们的游兴像几粒
乌黑光滑的枇杷子滚落，在宝石山
它们已为一片枇杷林伏笔。

登香山记

◎林宗龙

上山前，一股无序的力量
包裹着树丛间的圆柏。那针叶状的
不是雾气，是谈话间的猎人口吻
我替它感到高兴，像一个水手听到
船离开码头后的汽笛声，
它说这是使命。后来我们沿着一条
弯曲的路向上爬。空气中隐约
闻到的松脂味，越来越像一种惠赠
它接着说到山顶前能发现什么

有一座塔被我们经过了
在一片湖的旁边,一棵巨大的银杏
经过了我们,还有塔下面
埋葬的族人的骨头。
多么徒劳它继续说。一群长尾巴的
红嘴鸟,从半山腰飞了上来,
在叶子稀疏的枝丫短暂地停留
然后突然响起乌鸦的叫声
真的,那凄厉的样子,我们误以为
它是在为此刻的骚动表达仪式
直到下山我们也没有听到过
它的回声,傍晚时分祖先们的鼻息

无 题

◎袁行安

恰如其分的语言,仍迷路于标识林立的街道,
而暗沉的雾已被我提前饮下。
在意识荒原,零星如风筝般低空飞行着
意欲不明的词:桌子。
桌子上,没有阳光的照耀。
你绕行,将桌子点亮。
一株绿色的剔透生长于我的思绪之外。
你出现,又消失。
立即滑入暗处的桌子在暗处

激起一些陈旧的语言。
比如：你的影子。
你的影子，此刻在我的呼吸间闪耀，
像阳光，落进我的肺里。

山中喜遇白鹤

◎许春夏

山以无数种理由
拥立白鹤为美神
伫立，不语
我不敢摇动内心
距离有多近
都难有狂喜的触摸

这样的相遇还是第一次
并知道它来自哪里
我挪了几步
想让山风呼它跟我回家
它却翅膀缓缓张开
一个没有倒春寒的胸襟

这个双肩下垂的亲人
没有我想象的那种孤单
这是我的一次胜利感

我们没有相谈甚欢
却也捡到了一根它遗落的羽翎
正好我可以为气喘开个良方

白云大餐

◎敖运涛

无论如何，还是飞起来了
机翼像两张巨大的翅膀，只几下扑腾
就耸入云霄。天空已经摆好了
餐桌。一望无垠的云朵
除了白，还是白
日月如侍者，乖乖地
站在两侧
餐桌之下山川，湖泊，江海
尽收眼底。人走，虎叫，兔奔
犹如动画。但它们谁也看不见我
我且在空中，饕餮白云
大快朵颐。从西安飞往北京
从长沙飞往乌鲁木齐
从景洪飞往昆明
每一次凌空飞翔，都是一次白云
大餐。每一次尝到的滋味却各不相同，
最苦的白云，是从十堰到潮汕的
白云：我几乎吃一口吐一口。

最欢畅的一次狼吞，
是去年四月，我一口气从上海吃到了
阿姆斯特丹，又从阿姆斯特丹吃到了
毕尔巴鄂。真过瘾呀。
大片大片的白云
十万公里的宴席
从未有过的满足感，时间也被我吃掉了整整
六个钟头

今夜在拱宸桥

◎双木

我们都是提灯的人，像闪烁的云
浮于拱宸桥上。今夜新鲜的年龄

正迎上即将入梅的潮热。他们提握新灯，
入咖啡馆，赴语言的峰会，读诗唱曲

每至情深处，肺腑的句子就如一颗
新剥的荔枝，晶莹剔透，并发出迷人的光。

　　　以上均选自《新湖畔》第 2 期《山中喜遇白鹤》

《第三说》诗选

　　《第三说》2000年创刊于福建漳州，创办人安琪、康城等。第三说诗群是主要在网络第三说诗歌论坛写作和交流，写作观念、倾向比较一致的诗人群体。"三"意味着更多的可能性、创造和发生，意味着对第一、第二的怀疑，意味着脱离和逸出，意味着超脱，意味着自由倾向，也意味着通向隐秘、内向和孤立，通往现实与虚无的边境。

孤 独
——给马尔克斯

◎辛泊平

以孤独为词根,不经意间
你发现了时间皱褶里的秘密
一个以冰为发明的时代
一条苍老河流的耻辱

"多年以前,面对行刑队"
一个淡然而又遥远的开头
擦亮了世界偏执的眼睛
也改变了植物生长的方向

起航,搁浅,瞬间的抵达
炼金术里的人生,观照与预测
死亡与繁衍,家族的耻辱与荣耀
火焰之中,鬼魂与活人同在

一场杀戮连接另一场杀戮
文明的机车轰然挺进,伦理溃散
然后,血液凝固,时间凝固
一个时代和另一个时代悄然接轨

冷冰川

◎康城

我们走到这里,是为了说永别。
——《霍比特人3—五军之战》

隔着墨镜,看不见爱人的眼睛
隔着屏幕,眼睁睁看着情人坠落深渊
隔着冰层,看不清人的生死

爱情的幻影不会粉身碎骨
台词是:我爱你
女方:你说什么呢
他掏出爱情的种子
她早已把手伸出
在意识之前
看不清一次握手
握住的是一段不会消失的生命

爱情不是其他数量的种子
只能有一颗
在两个人的身体里转换
爱情不是其他的种子
供养的是人的裸身
开出的花里是刺骨的世界

冷冰川里的春天

冷风吹

◎冰儿

听蟋蟀在不可见之处拉小提琴
看刺桐花在泥土中腐烂
看凤凰木果荚将枝头拉得很低
那些顶风而行者,皆裹面,掩耳,捂鼻
仿佛躲避,无处不在的凶器
唯有我如此不合时宜
还没有想好
在这首诗中,如何以玫瑰置换子弹
用永恒代替速朽
如何让这孤绝的才华,配得上这多舛的命运

这　里

◎林程娜

这里正在做着一个梦
天黑之后就能实现
他们都醒着走路,只有一个人

以睡眠的状态，迎接路的到来

这里的风是凝固的
没有谁能发现它的存在
落叶被他们攥在手里
即便枯碎，也要连同骨头一起入土

实际上，他们是没有骨头的
正如他们只长着一张脸
一个人的梦被风穿过
手脚就断裂了
而他们拒绝任何形式的穿过
拒绝任何形态的转换
一个人的意念在火里结冰是可怕的
如同妄图颠覆命运与时间

冬天已经在这里
他们需要一场恰如其分的毁灭
让枝头长出新的神经
让痛感布满每一棵做梦的树

这里已经人满为患
这里的人们有他们，我们
还有醒来的你们，唯独没有
真正睡着的你

旧时光

◎张朝晖

他摩挲着老收音机的皮套
童年的节目已卡在生锈的电路板
无法复制

他打开一本老书
两只前世的蝴蝶呼之欲出
旧时的小城宁静致远车马稀
城墙边水田飘来稻香
河畔捣衣声敲散晨雾

今天
他胡须干净
陈年的野山茶如一叶叶扁舟
飘浮或沉没在怀旧版茶缸
他期望心静如水

但从前终归是从前
不像现在
连呼吸都小心翼翼

面对自然的时候我很不自然

◎落地

你有急事找我
而我偏偏跑掉

群山万壑将鸟语虫鸣送入我耳
将清新空气涤荡浊肺
群山万壑庄严肃穆
翠绿的松涛波动我跳闸的心脏

你有急事找我
急得心脏跳闸

我正单枪匹马走在群山万壑之间
蜿蜒宛转的山路
没有什么比我自己的事更急：
面对自然的时候我很不自然

秘 密

◎朱佳发

我的伟大之处,我的渺小之处
我的沉沦,我的卑微
行走时的风向,陪我行走的
一路蚂蚁,一头无形的大象
一群人的迁徙,一个人的出走
雪山所包裹的,深渊所藏掖的
阳光永远不会照及的那一部分
我从未用文字说出的那一部分
我尚未写出的那一首诗,以及写出
却还没被人朗诵过的那一首诗

女唱师
——兼致武玮

◎格式

阳光作为打手在你的胳膊上拍打出黑暗的亮度
如玉的眼神,几近脱骨
影子在镜子里回炉

凳子是脚踹掉的衣服
长发的音准大于灰尘覆盖的五线谱
写下来的,斧子都砍不掉。这话是普希金说的
没有墙的靠背,你的笔似乎无法做到笔直
十指连心。烟十支,今天,已经连坐了你的孤独
蓝色是固执的,皮肤病了,黄色的妥协很抽风
你的胳膊肘儿在塌陷的琴键上捣出休止符
把肉体铺成琴板,精神不在天涯,还在琴板上
神作为欲念的钉子户,要规定乐音,以证明你是一架自以为
　　是的钢琴
你的眼是吝啬的,连给梦想抬头的把柄都不留
它似乎不会流淌,一直在用重金属样的虚无投弹
"就是这样。"风雷的鞋子全倒在地上,依旧没有落地

　　　　　　　　以上均选自《第三说》第 9 期

《走火》诗选

《走火》2014年4月创刊于贵州,主要成员冰木草、顾潇、蒋在、李晁、罗逢春、罗霄山、钱磊、郑瞳。每年不定期举办1-2期沙龙。秉持文学现场、青年阵地的理念,立足贵州,面向全国,以诗歌为主,兼顾其他文体。

在医院

◎西左

下不下雪,他的头发都是白的
纵然雪立刻融化,向东流去
他的头发同样是白的
这种白,与大海摔碎的时间的泡沫
以及人用命换来的白银的色泽相似
他的脸,一块黄土地,被生活的雨水
冲刷出千万条沟壑
昨晚,他说起在外省工作的独子
一脸骄傲。他说儿子有自己的生活
他忙,不去打扰他了。再说我们都已经老得
跟死了差不多。说完
他的眼睛里的银河,闪烁,无数星星
现在,他坐在病床床沿上,攥紧老伴的手,一动不动
如石头雕刻成的石像
有一刻,他的老伴突然有了轻微的动作
他把她的手攥得更紧了,像攥紧一根救命的稻草

大雪封山

◎其川

舌苔甜美，墟垣得以藏拙
此刻，寂静低于涧水，高于群山
十步之外，竹篱未掩，而诵经之声渐弱
十步之内，炉火胜于椴木，微醺
胜于小睡
子夜无风，长啸当以低吟，你蓦然起身
推门惊动的事物共有两种
先是月光跌落于窗棂，继而
积雪跌落于疏枝
这些猝然的离别，不动声色，倏然浮荡
亦有鬼魂不着尘影之轻

关　连

◎朱永富

成片枯萎的白茅
和春天没发生关系
泥土尸骨未寒，也不可能发生关系

而你近乎疯狂地拔
仿佛茅根就是喉咙里的毒刺
你动用了镰刀，暴力，野性
绝情，也绝望
天地开阔了
地面整齐了，阳光又从树叶间洒下来
你终于斩杀了所有茅草
现在，你心里只剩石头

散　步

◎空格键

散步的人从不走在路中央。
散步的人，喜欢踩着路边的草，
喜欢被草里大一点的小石子
硌一下脚板。一辆摩托呼啸而去，
"是的，相对于比我快的事物，我在后退。"
——落日悬在河面上，一条机帆船
即将完成今天的最后一次横渡。
散步的人惊异于自己
又一次来到了河边：唯一不在乎速度的，
是水；它又以各种不同的速度，
呈现各种不同的自己……
散步的人转过身来，天已经黑了。
回去的时候，他仍然走在路边，仿佛

空荡的路中央有另一个人在走,和他并排,
有时比他略快,有时略慢。

黑暗观察员

◎罗霄山

当然,他必须成为黑暗的一部分
在一种隐身状态下工作。
他熟知黑暗的秉性,黑暗加厚
将光线挤压、隔离,慢慢侵占
光的领土。也熟知它们行进的节奏。
他看起来熟稔掌握着,事不关己的
态度,容忍黑暗将恶
施于光明的整个过程。
他只能悄悄记录下它们
它们已经堵塞住向外传播的窗口。
黑暗观察员在黑暗中
被黑暗淹没,他的内心
被黑暗充斥,他喝下温开水
但不能稀释它们。他孤单一人
难以对抗黑暗所制定的规则
他必须遵循黑暗的秩序
避免成为黑暗的异己者而失去
观察的命运。更需要警惕的是
他必须保持着与黑暗同样的作恶能力

成功取得卧底的资格。唯一的
希望是，当光明足够强大
把黑暗撕开一道口子，他趁机
逃离，完成一生的回忆录
以及，对黑暗的彻底控诉。

在动物园观赏鸟

◎陈翔

十，二十，三十只
这么多的鸟，同时拥挤
在玻璃房内一棵假树上

二月的阳光
从铁丝网眼里渗入
血一样：黏稠、单薄

我们站在玻璃外
看鸟在假树枝上静立
在被绞住的天空下飞来飞去

在凹陷的内部
四壁的山水包围着它们
像猎犬包围着猎物

当绿色的饲养员打开门
走到这些生命的后面,把
黑色的玉米插进灰树枝

如此重复了三次
她肢体的摆动,熟练、优美
像做着一套无声的广播体操

从一棵树到另一棵,鸟啄食着
这些不可能长在树上的果实
仅仅出于活下去的习惯

它们吃、它们睡、它们飞
日复一日,从一个位置抵达
另一个,精确地度过了一生

隔着玻璃,世界被分成了两个
房间:一间更大,一间更小
鸟生活在我们的对面

(自由是危险的。尤其
当我们的食物来自别人
这时,对天空的追逐意味着死)

鸟,看着我们——
站在大厅中央,我们的
内部在凹陷……

生命的热情原来毫无必要
我们同样从一根树枝
跃向另一根。

落在屋顶上的雪

◎木铎

没有下过雪的冬天
像是没有屋顶

（遥远得看不到）
那时候
孩子们在院子里打雪仗
老祖母贴窗花，从窗子里望着我们
祖父唠叨世道艰难
（画面蒙上一层潮湿的雾气）
他们的皱纹总让人想起冻裂的土地
雪压得很厚
似乎忘了丧母之痛，"咯咯咯"
树枝上的雪屑簌簌而落
远处顶着雪的麦秸垛燃烧着
低矮失修的老房子高大起来
沉睡的白雪总是抬高了它的地基

以上均选自《走火》总第 5 期

《麻雀》诗选

　　《麻雀》2010年9月创刊于广西柳州，半年刊或年刊。创办者刘频、大朵、侯珏等，编委会成员刘频、大朵、侯珏、周统宽、蓝向前、冷风、虹浅浅、谢丽和飞飞等。坚守草根性、先锋性、区域性，秉持诗歌气质生活化理念，忠于生活，把生活的发现转换为诗歌，艺术上兼容并包。

像羊一样说话

◎刘 频

1

在羊的眼中
万物是后退的
夕阳退到油灯里歇息
仇人退到火炉边的亲情里喝酒
连一只轰响的油锯也要慢慢地后退
退到储木场上空的月亮上面
它脱下了一双油渍的手套
我只想和羊站在原地
像做错事的孩子，埋下头
"不是我杀你
是你的泪水杀你"
那时，请允许晚风从羊的叹息吹来
一页页地
再次翻开草地上的经书

2

三个人在草地上杀羊
麻利地掏出
羊的肝

羊的肺
羊的胃
羊的肠
三个人反反复复搜寻
就是找不见
羊的心
杀羊为生的人
第一次遇到一只空心的羊
三个人
摊着手，面面相觑

3

我们像羊一样说话
发出柔弱的单音词
咩——那是一个婴儿的哭声
压低了一只乳房的慈悲
青草味的单音词
无法连成一串奔跑的句子
牧羊人只好摘下帽子，指给我们看
——喏，世界还在那边
那时，我们就像羊站在风中
望着远处的铁桥发呆
一列火车从黑暗的隧洞冲出来
压住了我们的喉管
后来，是我们反过来教羊说话
说道上的话
那一大群羊，轻易就学会了
只一句

就把我们像狼一样逼退

掌心里拱出一棵树

◎唐丽妮

老七叔从梦里
从一棵树里走出来
高,直,很硬的两撮长眉毛钩住树枝
一把瘦骨,早年吃糠咽菜
不懂得屈膝的姿势
斩草的北风,掀得开老屋的几片瓦
撬不动石头缝里的一棵硬木,七叔的硬木
批斗,进城打工热潮
缺少妇人体温的硬板床
他的柔情
全泼给了满山的树木
一双瘦手长成树根
我看见,岭上绿波又发了新芽
老七叔向我伸出手掌
一棵树苗,慢慢地
慢慢地从掌心里拱出来

三百克的猫

◎ 蓝敏妮

乡下集市猫狗在叫卖
毛茸茸的小物不知道自己被挑拣
一张纸也不知道自己是钞票
总有看穿物事的人蹲在别处
他看见笼子越来越空
买主越来越少
他袖着手踱步不停张望
集市空无一人天越来越冷
他买下了没人要的那一只
他捧着一团白烟
是小，是轻飘
但有三百克的心跳

家乡这条河

◎ 飞飞

民族志里记载
广西最北，毗邻

湘、黔
我应该在第三章出生
因为那里标注了
侗族

经常在梦里的河
洗一件衣服
这个小县城
我的父母在柿子树下
盖一座房子

街心公园很近
有人把那里变成集市
进行交易
公路两边填满水稻

父亲用他的半辈子
写一本县志
打了霜的青皮柿子
就垂在书房窗前

我离家几百里
现在，夜里醒来
眼角湿润

奔跑的小草

◎周统宽

西边山又一次
把黑压压的云戳破
竹篙浪甩甩的雨
又一次让校长
敲响了放学的钢板
孩子们冲出教室
向着各自的家奔跑
大雨撵着他们的屁股
我看见路边的小草也在奔跑
它们弓着背在大地上奔跑
它们向着大雨来的方向奔跑
它们拦着雨
没让大雨撵上孩子
我看见小草与风雨搏斗
它们跑出了黑暗
跑出了一片
更为辽阔的绿色阳光

以上均选自《麻雀》第 20 期

《几江》诗选

　　《几江》2007年7月创刊于重庆,季刊。名誉主编梁平,社长黄伟,主编杨平,副主编施迎合、杨治春、戎子、任正铭,编辑李万碧、泣梅、向阳、余真、梦桐疏影、风子、苏柈北等。以"植根本土、立足重庆、面向全国"为办刊理念,以海纳百川的包容姿态吸纳东、西、南、北风,挟带起时代的潮汛,展示秀雅和雄浑。

祭祖帖（外一首）

◎金铃子

何以？远山数叠，却也空无一树
何以，逝去多年的人却陪我活到今日
随我在人世
善沉默，善长长的寂静

今天，我手持纸钱，用香烛点山
用鞭炮把你们叫醒，看我

还没有发明一个比爱更爱的词，我就老了
没有发明一个比孤独更孤独的词，就老了
还没有……捏造一个自己
把我长久拥抱。就老了

老得这样的快
快过了时间。快过了爱情

空空如也

一颗星牵挂另外一颗的时候，就出现流星
一座山怀想另外一座的时候，就会有地震

一个人想另外一个人的时候
他们的眼里就：没有人
城市、街道、树木、灯光、人群在消失
我的面前空空如也，只留下一行诗
脸上还有血色，心脏还有余温

选自《几江》总第 54 期

汤匙赋（外一首）

◎余真

饱满的汤匙，你是栽入池中的扁舟
他们用利剑形容你英勇之状。站在扁舟上的人
你不舍地挂在水池边缘，这钝剑的边缘
年幼的浣衣女，发如水藻。日日进献着倒影，我们
看不到锦鲤在穹宇仰泳，天空失去了水底的一切
这像你从汤匙背部、镜子棱角，给我的
迂回光影。这规则的四周，凹凸有致的光影
在汤匙的战栗中波折了数次，拒绝形成
钢化膜一样的裂纹。这不具边缘的
创伤。垂钓的人，他在等水面平静的时候
掀起这块殓布，如果有幸，悉知一个人的无憾
从他头重脚轻的身姿上，看到他红锈斑斑、疮痍满目

漫 步

白玉兰只开了一点，我的开心只有一点
我难得见你一次。难得听你寂静的叶子
灰色的建筑群，灰色的天气和灰色的诗
早就躺进了我的烟灰缸。这巨大的墓床
这无意义的爱与获得，我手中
实体化的孤独，它的烟雾
很快就会散去。出去走走吧，我的朋友
这是拥有亲人的城市。母亲和女儿
走进内衣店。她们已经是两处富饶的故乡
父亲在儿子的婚房里驻足了片刻
今天他将搬出去，但他十分开心
丈夫和妻子很难一起出现在厨房里
婚姻使他们不再是相互帮衬的友人
你将蓝莓打成汁吧，给西瓜和芒果添上沙拉酱
去腥的河蟹，死亡揭开了你的盖头
温暖的蒸汽让你置身热带。或许沸腾
是你想象过的河。我们出去吧，亲爱的孤独
我不想错过春天的尾声，花瓣已经开始
它所向往的凋残，而我们全无理想
俨然是苦味的鱼头。电梯把我们
锁在抽屉里，我们是贴在一起的两张日记
这两张空白的日记，两块重叠的冰面
两颗心在密封的胸膛里敲着沉默的鼓点
电梯里还有几对情侣，保洁员提着生活垃圾

看起来独身的人仿佛只有我们
并不是这样的,亲爱的孤独
她也有两段婚姻傍身,呼应着你的一贫如洗

白　纸

◎李看蒙

白能生养,白也能休克
或者死亡。白得像要
失散的日子
唯有此刻,醒着的是纸,中毒的是黑字
低俗、暴力、江湖、魔幻
吹过一支笔的风
也吹过手。握我的时候
你手上有毒

黑与白各自用线条说话,仿佛
一个人被缠绕着
白与黑,各自苦难
波浪,将被推向那里的枫树
时间在分行中可感
你把它们画成一张白纸的横格子

但我从来不说出,每当你提醒我
白纸就像幻觉就像卷曲

白得我的一只手发怵

以上选自《几江》总第 51 期

黄庄的油菜花又开了

◎杨平

大地太富有了
这里有成千上万吨黄金

大地太甜美了
一个个硕大无比的蛋糕
已制作完成
阳光的奶油在上面
涂了一层又一层

谁的生日庆典
场面如此浩大
隆重

我在这里

◎戎子

我在这里
这里水如灵动的声音,雨,想来就来
一个符号。而我,在你的声响里找寻平静
花想开就开,像我的种子。就像这种埋于土地的麦穗
破尖,谁能拿手握住,握住,我的平原

我们此刻,想到鹰翅
羽毛在高空中盘旋,挂起的风,向北
向北,我忐忑的声响
在沉鱼中相恋,在繁花中游荡,在岸上迎取你的烙痕
在水中获取你的暗香

在平原,在沙漠
只有在水和天的尽处,我端详
我只能握住水的流动,我只能握住你的蝉衣
我在这里沉浸,不是雪藏
是我看你不变的目光

以上选自《几江》总第 52 期

旅 途

◎施迎合

阳光病了,它懒散地躺在
流动的山水里,呼吸时高时低
发出声声呢喃的心语

它是累了吗？还是像我一样
厌倦了这无休止的跋涉
还是偶尔的一次撒娇,像我喜欢的
小可爱,在等着我牵手……

其实,我也是一位病人
常年发着高烧,我的病
只有青山的手术刀能够根除
清澈的溪水把我黏稠的血液清洗一遍
我就会头脑清醒,学会
在浮躁中安静、再安静
不与眼前的山峰争论高低

一生都在未知的路上奔走
当阳光起身站在高高的山岗
我便拥有了最美的风景……

选自《几江》总第53期

《原点》诗选

《原点》2004年创刊于四川巴中,创办人杨通、王志国、周书浩、马嘶、张万林、岳鹏等,主编杨通、王志国。以"原点,以自然为念,以性灵为源,以美善为怀,以本真为归"为宗旨,立足巴中,坚持每月举办沙龙活动,每年五月举行"端午诗会",成为地方文学品牌。

心灵的牧场（外一首）

◎王志国

神的牧场上
每一棵青草都是慈悲
每一缕山风都暗含怜悯

端坐在神的牧场上
一想到半生将逝
身后薄凉的影子就向我靠了过来

这些年，我一直在努力往高处走
尝尽奔波之苦，换来的依旧是疲惫
尽管，这一切神已经宽恕
但在这虚无的尘世
生死枯荣
一如大风过隙
裹沙挟雨，哪管悲悯沧桑

流水光阴

在大地的裂痕里
流水俯身向前，用不息的波涛

填补虚空

拍在岸上的浪,是谁挽留的手?
裹进水里的沙,是谁追身的疼?
谁能放慢岁月的流速
谁能停下来,等一等光阴的脚步

在时间里走失的人
他的心里有一条干涸的河
他的命里有一朵起伏的浪花
谁能掏出他腹腔里光阴的泥沙
把搁浅的命运
涛声一般还给流水

她从田野走来(外一首)

◎段若兮

……她走近了,身后的田野就消失了
河流静止,绯红的云彩收拢翅膀

嘴里含着一根草茎
草茎上还沾着露水
……她走近了,田野就消失了

她轻咬草茎

唇上染了青草的汁液
我应该跑过去叫她:妈妈!
——只是那个时候,她还是一户人家的三女儿
还没有遇见我的爸爸

我用残损的手掌抱紧你

指骨被扯断了。疼痛从七百年后传来
我用残损的手掌抱紧你
在没有腐朽之前,用风的嘴唇,一次一次
——吻你

七百年后,有人闯入墓穴,指着我们说:
你看!一具尸体抱着另一具尸体!
……要把我们强行分开时,扯断了我的指骨

此刻,我要在你面前把七百年后的疼,哭出来
再擦干泪水,用尚且完整的手掌抱紧你

独坐(外一首)

◎李志

案上的书页,反复读出时光的起伏

托着村庄的名字，替我们喊出明月的归期
更多的时候
我们安静地数着时间
写下老屋的炊烟和铁打的新镰
写下来不及告白的亲情和失血的爱情

慈悲轻启，焐热一场夜雨的寒凉
连同飞蛾的命脉，装进一束打坐的灯火
等一阵风来，捻出尘世的苦口良药

整个下午都是安静的

暮色四合之后，黄昏安静下来
隐去翅膀，原野就地打坐

梨花早已来过，又悄无声息过去
就在我推开窗和关上窗的瞬间
白了，空了

炊烟挺直身段，目送最后一只燕子
斜身，坠落夕阳

而整个下午，我都和一杯水谈安身立命
而他，并不给我好脸色

黑暗说（外一首）

◎白玛央金

我早已不用酒，酿制某些念想
和开出无数星星的夜晚

村庄很静，一池湖水
铭记了两条鱼的诺言
像水草蔓延在日子的平坝上
疯狂滋长的触须
洞彻光明的意义
你说，这也可以吟诵吗

有时候，我也缄默
文字的羽翼舒展
覆盖了向阳的草坡
我仰面朝天，闭眼
揣度去留的果实

走神的人啊，夜暗得太久
黑的密实沦陷了感官

黑暗说
"这是光明的前奏
请大声说爱

如同罪人"

呼吸之间

多少落叶自窗外清啸低吟
薄暮尽　我将与夜横渡一段黑暗
或许　和风将破门而入
或许　一袭寒意怀揣三分杀气

此时　我衡量着生命与呼吸间的微距离
想到死亡与秃鹫
想到　每一个往生者相同的背影
和杂乱无章的哭泣
我知道　在宁谧的日子里聆听死亡
是多么艰难的升华

寂静掠过片刻　经卷中的梵音并未止息
桑烟袅袅，窥视一次彻底的布施
和一段酩酊的轮回
一个躯壳倒下　一个灵魂升腾
一个名字在唇齿间嗫嚅半生

以上均选自《原点》2018年卷

《抵达》诗选

《抵达》2008年创刊于安徽合肥,年刊。创办人汪抒、江不离、尚兵,主要参与者墨娘、东隅、李庭武等。刊发具有现代精神和手法的诗歌,拒绝一切陈旧的诗歌传统和形式。

柏　树

◎汪抒

如果一棵柏树颤动
河堤上所有的树木都将颤动
连绵起伏

河堤上一定有那么一棵柏树
我远远地眺望
它就是所有树木颤动的根源

已经许久我都没有上到河堤上了
没有听到那些树木颤动的声响
没有看到
那棵柏树克制的光辉

我远远地眺望，云影漂浮
所有的树木静止不动
各自投下
自身清凉的影子

一棵柏树并没有多么强烈的暗示作用
曾有一个与我形貌相似的人
在河堤上行走

寻找那棵柏树

等一等

◎ 严小妖

你穷尽所有词语
都是为了说爱我
你爱我吗
那么请你如我一样赤裸裸地躺着
请你认真温柔地抚摸我
假装在爱抚一只断了翅膀的天使
当你抚摸到眼睛的时候
请你轻轻地停下来
听听眼泪的声音
你有没有听到关于爱的悲伤
我就当你已经听到并且懂得
那么请你不用再往下摸
倘若真的爱我
这关于爱的表白
请你没日没夜地从头开始

在那里

◎ 青未了

我不是谁
在我身上的所有称呼,都像
缤纷天空里的
一种颜色

眼前有光划过
有花凋落
有我表达不出的时空静止

在人间
静止那么一会儿
我就是一切
也在一切中消失

孤独颂

◎ 方启华

这局面该如何扭转?

我缺乏赞美就如刚刚我打败了心魔
而你假装一无所知
我缺乏肯定就像我刚刚获得新生
而你不予鼓励
你关心空气质量和蔬菜价格
除此外，你关心体制漏洞和民主进程
你的眼界和你脚下的路一样，越走越宽阔
我的病越来越重了，我担心自己得了癌
你从不问我，除了夜里，你在梦里呢喃
"一切都会好起来的！"你说
可现在，我假装没听见

寂　静

◎赵少刚

我想要的，以为
只有少许
一杯茶的寂静
一首诗的启示
一段空白的回忆。
不。
我想要一整个清晨的寂静，
一整个自己。
每一朵向阳而生的花
空气以及风吟。

在惶惑和不经意之间

◎罗利民

当小行星
撞向云南香格里拉的时候
我在禹王路和卞和路交叉口
目睹了一场车祸

急救车离开以后
发亮的柏油路面上留下了
一摊黝黑的血

往后退　往后退
我往后退了半步
只听"咔嚓"一声
我踩死了一只正在过马路的蜗牛

我回过头
仿佛看见了自己惶惑的肉身

药 引

◎老七

夜夜饮食月光的人
定懂得一些咒语和巫术
月圆时念一种
月缺时念另一种
久而久之
便中了月光的毒
症状：畏寒　少动　无言
望月的人仰头空叹
碧玉瓒凤钗一忽儿插左
一忽儿插右
任谁也治不好的心痛
需得一个有情郎
采撷八月金桂酿酒
经得三冬三夏
醇馥幽郁之时
配以相思子　红豆　合欢　当归　茴香
并用酿酒人的红唇做引送服

红　色

◎腾云

再次醒来时，已经有阳光在房间里飘了
它们暖暖的
正穿透我闭合着的眼睑里的血管
在眼底绽放出
大片的红
这感觉是我喜欢的
八月之后
我就抛掉了一直包裹着自己的黑
迷上了红色
文胸是红的
小衫儿是红的
长风衣是红的
水晶耳钉是红的
项链吊坠是红的
戴在涂了红色指甲油食指上的
玫瑰花戒指也是红的
还有，午夜梦醒时
我轻唤的那个名字
如果它有颜色，也一定是红色的

以上均选自《抵达》第 12 卷

《南京我们的诗》诗选

　　《南京我们的诗》2011年创刊于南京,发起人马号街、潘西、卢山、宋夜雨等。为南京(但不仅仅限于南京)的80后、90后诗人提供新的切磋平台,日益成为南京民刊第三代的标杆。在南京先锋书店、可一画廊等场地举办过多次诗歌朗读交流活动。

汤 勺

◎黄梵

我们和汤勺成不了朋友
哪怕喝汤时,我们深情地看着它
我们衣锦荣华,它却总把自己倒空
它要倒掉让地球变穷的山珍与海味

它宁愿空着眼窝,也不要汤水给它眼睛
它拒绝阅读坟场一样的菜单
有时,我似乎听它谈起久别未归的故乡——
那锈黑了河水的矿山,曾经是啄木鸟弹琴的琴房

我们买再多的汤勺,也和汤勺成不了朋友
它宁愿空着眼窝,也不想和我们交换眼神
宁愿不穿衣裳,也不拔一根草取暖
只愿用清脆的嗓音,和瓷碗谈心

我不记得,已买过多少汤勺
我努力学习,这空眼窝的盲诗人的语言
看戏之前,试着用喝汤的声音,道出它内心的巨响

我永远不明白此时我在想什么

◎潘西

我永远不明白此时我在想什么
我永远不知道这一秒有多深
与下一秒的裂缝有多宽
我又如何从这巨大的平静里抽身
我确认我——陌生人、堡垒
伸出一个想法，碰一下眼神
抓一下幻想，扭一块皮肤……
我的眼神勾住所有的骚乱
想法仍上下乱窜
我不知道我多迷恋这么多的此刻
以至于我不知做些什么
我知道我永远自私地爱着我
我知道我每秒都在辜负着我

草　莓

◎宋夜雨

一只草莓就足够照亮一生，足够
秋天的嘴唇下起一场雨

世上可爱的东西都不会说话
一尾鱼的眼睛下起了一场雪，白

来自于黑夜中欲言又止的羞涩
来自于茫茫人海中的异乡客
声音是一张白纸，经过嘴唇的修辞
也仅仅是变成女人尚未购买的短裙

像一片安定选择沉默，学会与修士打个照面
在清澈的指尖，等候美丽的果香来临
让天鹅独自迷醉。这就是一个人的酒杯
脚下的落叶告诉你什么是短暂

比如雁阵飞过此窗
而在天空与海水之间唯有一座桥
超度火舌中的黄连与我们的体温计
一只草莓把整个世界变成了一口一口的酸甜

以上选自《南京我们的诗》第 18 期

从精神病院飞来一张涂鸦

◎马号街

过去和未来
在我身上一层层脱落

被不明所以的力量
一次次撕扯搅拌
我其实是最理解自己的
只是每一次理解并不相同
而世界
不过是每次自我理解的无效展开
他人,则全是胡乱闯入的金箭
和白雾
爱情,你这悬浮的云阵
一直想拉着山顶云游四海
理想是一场不知所踪的暴雨
每一个词
每一句话
都是一颗崭新的意欲自我终结的
子弹
现在刚好是脱靶的结果之一

满　月

◎王侃

每棵松树都有属于自己的影子,
在每一个今夜或明晚燃烧,
(我的故乡还很干燥。)
每一个今夜我都想忘记昨夜,
忘掉踩过的松木梯子。

过去的美丽固然使人痛苦,
但也能看满月清辉,面颊温暖
答复我,像望着一只蜻蜓。
这个夜晚无人能够幸免,
我早知道一生看不了几次满月,
但仍在等候上次来过的彗星
——在我做的松木椅子里。

三十岁之四

◎卢山

这几年我常常在梦中被一列火车惊醒
有时候是绿色的　或者是红色的
它盘踞在我的脊背上,呜呜的鸣笛声
在秦岭的隧道里一直没有散去
仿佛是在从徐州去成都上学的路上
又像是从宿州到杭州。银光闪闪的火车头啊
仿佛一头春天的小猛兽
腰间挂着十万吨情诗,攀上了一座座峻岭。
十年前,我戴着耳机坐在车窗前
默数着一座座呼啸而过的山峰
说着二十岁还足够年轻
足够有时间在抵达终点之前,把几页书读完
也来得及在天黑之前把爱情的小旗帜
插在她宿舍的门前

这几年我忽然沦为江河的过客
和车站的主人。在一座座陌生的城市里
交换着方言。而如今我始终无法把故乡的大柳树
移植到杭州的小区门口。我所遇见的每一条河流
都没有像石梁河这样一个好听的名字
抽屉里的火车票越来越多
像一摞摞履历表。大部分的时候
我都被卡在车站的检票口,比如
父母在电话里常常唠叨——
三十而立。再不找女朋友,这列火车就要到站咯
他们的目光是一条奔涌的长河
足够我一生在此泅渡

以上选自《南京我们的诗》第 19 期

王　维

◎耿玉妍

暮气布满你的前额,你一出生
就年老了。但谁来告诉你,你也有过
多汁的春天:丛林苍翠,连寂静
也是音乐?你总是想象垂老
的孤独,但其实垂老
不在乎孤独,只有越来越多的

赴死的激情。

说起一生

◎洛白

说起一生,就像说起一只
乌鸦的黑。孤立在白雪之中
充满深意,无法被肉眼长久凝望

说起一生,说起逝去的光阴
那些冷却的、热烈的脸庞
我知道,当我说起一生的时候
我仅仅是用嘴巴去说
仅仅是用二十四岁的肉体去说

生命之路郁郁葱葱,绝非只有悲伤
说起一生,当不远处乌鸦决绝地飞走
我能看见的除了苍茫的大雪,还有
莫名的温良,干瘪的渴望

我知道,乌鸦并没有飞远
它笨拙而明亮,像我们无法拒绝的一生

以上选自《南京我们的诗》第 16 期

《群岛》诗选

《群岛》1984年创刊于浙江舟山,季刊,由舟山群岛诗群同仁筹资创办。办刊宗旨为"独立、开放、海洋、民间、新锐"。将海洋作为自身写作的重要素材和精神依归,建立了海洋诗歌新的意象体系,并始终保持对人和海洋关系发展变化的关注,努力开掘海洋诗歌中的人性深度与诗性深度,成为建构地域文学空间的重要力量,也成为一个具有地域特色的文学品牌。

空旷（外一首）

◎ 张作梗

我有一只贝壳。
它扇形的贝无时不在分泌和搜集空旷，
在有生之年，
我能把这些空旷典当出去吗？

它蹲在我的书架上像一个遗忘。
当我偶尔去取书，它以
坚硬的空旷碰触我的手指，
提醒我曾有一次遥远的海上之行。

它以遗忘吸收书中的空旷，
它使书籍变轻。当我阅读一本新的书，
仿佛在掏挖一只贝壳里的空旷，
我的生命也在空旷的吹拂中变轻。

什么因缘让我把它从海上
带回我已忘了；和我一起去海上旅行的
女孩也早已不知所踪。而今，
当它神秘地出没于书和书架之间，
我感到它是消逝的见证，
是我身体空旷的一个实体。

我碰触它,它的空旷在我心中回响像
一次阅读的余绪。我把它扔出去它
仍蹲在书架上分泌空旷,
我烧毁它而它的
燃烧比灰烬更空旷。

海上夜旅

白昼如此短促。
很快,翻过黄昏,他又驶入了漫漫长夜。
风像一根随时带在船上的缆绳,
但他不知道将它系在哪儿。

到处都是漂浮的古拉格群岛。
星光落进海里,长成倒立的钉子。
他遗落了什么在陆地上?
又将什么带进了这茫茫大海里?

黑夜是唯一的方向,
而水,成为最后的倚靠。
他有时会把肉体留在小船上,
携带着灵魂,独自到大海深处游荡。

他又遇见了那个在鲨鱼肚中打坐的自己。
掀开伤疤,他又看见了那支标枪。
然而没有一滴水保存他的过往,

更没有一条路指给他未来。

他的小船装满了静默的风暴,
载着他在大海上盲目飘荡。
他不知道黑夜的出口在什么地方,
海浪扑过来,他和小船一起晃了晃。

致大海

◎中海

烟岚弥漫,来自近处的潮声
像来自半空,像寂寞中的万物
提着嗓子——咣当一声悬在空中
这儿是有点冷的早晨
鸟鸣东一声西一声,但不等同于
杂质与妄念
净物从高处滴下水滴
——蜜月期的人常带着洁癖
一个人成为另一个人的净水
但还谈不上交融。一片海
静如处子,这算不了什么
她浴前松开的长发
如波浪。窗外有看得见的风
她轻诵了一首诗
风向有所改变。但我们仍想奔向大海

在海中亲吻，把窗帘般的晨雾挥霍掉
十年过去了，我们依旧在海边坐着
写更纯粹的诗，但我们默不作声
潮起潮落，更接近于无声美学
——单一的蓝如彼时此时
只是不同于黄昏，清晨更清
我们是一片海所蕴藏的部分
当一艘船驶来，物象稍变
而单一性尚未改变，我们渴望十年后
又一个纯粹之晨：带着不可描述的线性日出
带着月亮依然洁癖的余辉
我们，仍来自大海

以上选自《群岛》2019年第1期

说出（外一首）

◎ 大解

空气从山口冲出来，像一群疯子，
在奔跑和呼喊。恐慌和失控必有其原由。
空气快要跑光了，
北方已经空虚，何人在此居住？

一个路过山口的人几乎要飘起来。
他不该穿风衣。他不该斜着身子，

横穿黄昏。

在空旷的原野，
他的出现，略显突然。

北方有大事，
我看见了，我该怎么办？

在我的经历中，曾经有过这样的一幕：
大风过后暮色降临，
一个人气喘吁吁找到我，
尚未开口，空气就堵住了他的嘴。
随后群星漂移，地球转动

传　说

过世的人总是反复回来，
获得户籍，住老房子，使用旧灵魂。
人们早已习惯了这些，依然慢悠悠地
绕过山脚，不把这当回事。

我说的是夏日，在蒸腾的地气中，
已经融化的人会再现，
重新进入梦境。

这是谁的村庄？
在地图上，它只是一个黑点，一个传说。

而在大地上，它真实而顽固，
像个大蚁穴，出入不绝，已历千年。

选自《群岛》2019 年第 2 期

大海麦田

◎ 蓝蓝

我在两座岛之间长大。
每到晨昏之时，
它们就把自己划向对方。

我的爱，大海上一垄垄麦田
是你播种的吧。

那脱了硬壳的籽粒，深知磨盘
沉静的欢喜。

选自《群岛》2018 年第 4 期

《轨道》诗选

《轨道》1999年8月创刊于甘肃岷县,主编孙立本,参与者孙立本、郑文艺、包文平、潘硕珍、景晓钟等。办刊理念为:立足岷县,放眼全国;提倡先锋性、多元性、地域性;坚持内容的宁静和精神的自省,传承现代汉诗的基本精神。刊物努力促进与外界的交流对话,展示各路精英的诗歌力作,培养推出地方诗歌新人,提升诗歌受众的审美意识和情趣,关注弱势群体的生存境况,热爱生活。

体内的鸟（外一首）

◎孙立本

迁徙途中，我体内的这只鸟
像一朵立在针尖上的白云，展开翅膀
便轻易覆盖住整个辽阔的北方
时值乙未仲夏，故乡的天空
是一座倒淌的湖泊，蔚蓝得令人心醉
你静坐在洮河之畔，望着那片对岸的树林
动荡于风中的起伏
你远眺、出神，不问光阴
替我饮下这杯逝水酿造的苦酒
曾经宽阔的河面，经历了岁月
和命运的窄门
不断分岔，流成我身体中的一股股热血
现在，我体内的这只鸟
不再鸣叫，仿佛奔驰的火车
它曾跑过了无限的版图和远方，它累了
那些旅途中的风景和记忆呢
那些结晶为琥珀的泪水呢
那些铭刻在骨头上的爱情呢
现在这些都已无所谓了
生命经历了，但到头来一切形同虚度
我体内的这只鸟，低头看水

无论幸福的涟漪
或悲伤的漩涡
都终归会像命运的残局一样无从收拾

一个人内心栽着梅花

原野收藏了河流，像火车，在大地体内搅动
静止的铁轨是两片麻雀的羽毛
被怀念遗弃在水面

秋天深处，暮色薄凉
落日有难言的温暖
它从不召唤死亡，而像是一种安慰与提醒

一切都不再重复，这生命写下的时间档案
风吹过最后的白昼，向黑暗的乌鸦
叙述星辰的沧桑

一个人内心栽着梅花，似乎是雪
带着盐白，松叶和樱桃树干涩的气息
他的身后，院子里炊烟像一条柔软的蚯蚓
直达天堂——

父亲走后，他一下子看懂了群山
时日漫长
一切辛酸和悲苦都在缓慢融化

玉的命运

◎包文平

一块玉从山中采出
雕刻成一尊菩萨
供在案几上，仙雾缭绕
接收人间的香火
和跪拜

一块玉，被运到祖国的另一端
抛光打磨，剔除身体多余的部分
当它以玉坠的身份
从一个女人光滑的脖子上
滑落，成为尘埃
再也回不到原来的样子

还有一块玉
深藏山中，被粗粝的石头
揣在怀里
在黑暗中度过了自己
不为人知的一生
简单而幸福

在岸边（外一首）

◎李马文

水对水说：渴
水也会因为跑路而大汗淋漓
水也会因为远方而焦灼？

水把自己从日子的河流里捞起
支高远望的眼神

你看：那几颗水珠揪着头发把自己
已提到了岩石上

晒　草

一辆单眼睛的三轮车
开进了一枚病变了的树叶

在一户农家小院之侧
一只巨大牲畜没完没了地咀嚼着静

斜挂草帽的男子
挥着镰刀将成堆的青草铺得到处都是

那些离开了故土的　躯干带着阳光的味道
缓缓坚硬

苏东坡的海南（外一首）

◎李广平

海浪涌上来
每一个浪尖上都站着一群鱼
都想看一看大宋的苏东坡
鱼的每一个呼吸里
都有一条大江
东去

你借着一篇诗稿　漂流到了
海南　这蛮荒之地
而此时历史却证明着
一个时代的蛮荒
对一个失去自由的人来说
海南岛或许是你心中
另外的一个自由

贴紧波浪飞翔的海鸥　是你
渴望汴京和江南的心愿
海南却是你饱经沧桑的心

四围都是更为苍茫的海天
今天，我站在海边　站在
你身边　站在你的诗词边
把隔世的空旷和孤独
分解成一首现代诗
融入海的辽阔　你的高远

北纬18°

我真的不想打扰你
尖厉的呼喊只是为了　释放
内心存储的恐惧

盘山公路像一条被修饰和
美化了的绳索　紧紧捆住
山峰的思想和翅膀
海上的空　是一种诱惑

山下碧蓝的海是我昨夜不眠的眼睛
含满慈爱和忧伤的泪水
我游戈了一夜　距你的唇很远　心很远

风掉在海面上　不会
碰伤谁　大海没有伤口
疼是被抛在岸上的贝壳

以上均选自《轨道》2018年卷

《蓝鲨》诗选

　　《蓝鲨》2006年12月创刊于广东阳江，半年刊。主编张牛，执行主编陈计会，执行副主编黄昌成。倡导诗歌的现代性、探索性、现实感和地方性，每年举行"新年新诗会"和"五月诗会"，品评、交流、朗诵诗作，成为当地主要的诗歌品牌。

雨下了一天一夜

◎黄昌成

雨下了一天,都下在我的眼里
在我的眼里三顾茅庐三进三出
无非表明一个杂乱无章
我觉得雨的态度真的真诚
所以也不打算,为雨涂上修辞
雨配得上这个简约好评
尽管白天被雨占满了根据地
可雨也不忙提醒着雨伞、屋檐
和骑楼的重要性
半夜,雨的声音开得很飘忽
时隐时现,我偶尔被睡眠打断了一下
就那么一会儿惺忪
雨搂住我一起又睡了,雨在就好睡
反正我能听见滴滴答答穿过梦中
下半夜,雨出尔反尔
直接推着巨响打断了我的睡眠
成败都是雨下的萧何
但我又怎么能怪雨、和它的失控呢
雨想整个儿进入我
可窗硬是把自己摆成了一架钢琴
雨独自作词,谱曲,演奏,周而复始

雨忘了自己是雨
雨夜，关于雨的身份和描述
要多少有多少
就连我也管不住自己
的志向呀

大彻大悟的空

◎米心

山巅上白雪皑皑，粉弱的花朵在凋零
氧气稀薄。你行动像极一朵濒临透明的云朵
这一举一动都在受风拉扯。你像草
拓宽了胸口的气流

悲伤如此常见，你年轻的容貌
像一触就碎的泡沫
风仿佛拉正你的身影
高山上，你仰着脸，大展双臂
多么愉悦。——我是说

你步履不停地尝试高飞
阳光划过地平线
一切的新生，包括
还在土壤里微微松动的视线

时间把过往撕裂成一条峡谷

◎张牛

时间把过往撕裂成一条峡谷
谷底至今还流着岩样暗红的河水
在坡顶站着一棵强壮的树，年轮分明
它眺望。沐浴。直到阴影淹没了头颅

微风沿着峡谷蜿蜒起伏。在上空在谷底
千里之外潜入一座城。那里人群密集如蚁
敞着高大的烟囱。塔吊。黑色的铁轨
有人叼着一根烟匆匆走过。赶在日落之前

夜的尺子

◎陈计会

他们饮酒、看花、骑马、斗蝈蝈
关心欧洲杯，南海波涛，互联网里的天堂
我独居一室，杜门谢客
岁月不居，终日与影子为伴
流水不腐，跟一只老鼠学习
用书籍磨牙，林中路

缠住我的脚步,为蚂蚁让路
向它们致敬,我并不觉得矫情
尘世污染,我在内心观星
微弱的光亮,遥远
像我的呼吸,纵使气若游丝
我也不摁灭手中的烟,它是夜的尺子

伤

◎容浩

我的一根跟腱断过
像马尾
手术的伤疤从下
往上爬

在那些灰暗的日子里
床头堆满书
盐水静默
快餐歌唱

另一根跟腱
有点不知所措
它痛苦
又孤单

空

◎陈锦红

乍暖还寒春早
车窗外行人纷纷挤在马路边
车流从他们身体里穿过
晨风卷起落叶在他们头上翻飞
那些脸迎向寒冷,头发在风里竖立
想到你身处何方
无语泪流
那些从我身边翩然飘过的人
他们再也伤害不了一颗空旷的心

暮　年

◎萧柱业

一定要有破旧的渡口
才配得上我们古老的爱情

要有一片树林
结温暖的浆果

还要有张暮年的椅子
就在某棵孤独的树下

湖水暗涨
轻轻拍打疲倦而满足的堤岸

我们穷尽一天,看一只蜻蜓
落在,另一只蜻蜓的影子上

或者,专注为一只蜗牛
寻找另一只走失的蜗牛

干脆,我就藏在暮色中
等你喊我的名字

等你,喊我
像喊一片干净的落叶

我们,把寂静还给寺庙
让寺庙把慈悲还给我们

　　　　以上均选自《蓝鲨》2018年第2期

《屏风》诗选

《屏风》2005年7月创刊于四川成都,创办人胡仁泽,主要成员李龙炳、胡仁泽、黄啸、易杉、陈建、黄元祥、桑眉、张凤霞、杨钊、羌人六、桃子、互偶、黑昼、黄浩、洛藏、陈维锦、刘小萍。以成都青白江、新都为核心,聚合了成都周边、广东、新疆等地诗歌同仁,在语言上不断探索,诗歌风格迥异,发表了大量个性化文本。

让穷人们打起精神（外一首）

◎羌人六

一个人活着活着就老了
两个人爱着爱着就疲倦了
一个人，两个人
似乎都不幸福，似乎都很苦
经历伸出启示：
沉溺，往往适得其反。

如果活与爱，被当作解馋
生活会否变得美好、浪漫
慢一点活，节约身体和灵魂
酿出的蜜与疼。

也慢一点爱，如同这乡下的雨
姗姗来迟，却有足够的天分
让穷人们打起精神。

两片无花果叶子

人在大地上四处流淌
命运变幻莫测，显然，书桌比它更薄

但无可取代,比如
让白云和悲悯在纸上返青,从一棵树
变回一座森林

站岗放哨时间太长的手掌
疲惫、缺水,不曾意识到眼下
头皮绿得有些发麻的春天
与它绝缘
两片无花果叶子
只与一堆死茧为伍
为灵魂伴奏,与苦难
惺惺相惜

十四年了,
无数个太阳和月亮
在纸上一次次升起,
又一次次落下
孩子尚未出生。

朝圣者继续在自己
被大风剥去人形的沉默里,沉默地
读着、写着、等待、枯坐,被往事和
一种神秘的氛围俘虏

日子,洋葱般层层剥落
淌出汩汩雪山融水,带着漩涡、
肋骨断裂的空响。别来无恙。

回头率

◎刘小萍

散步是愉快的
人们习惯向前走
而我只是偶尔向前

风景和人都没有两样
我一个人后退的时候
会招来不少回头率

一个、两个、三个
越来越多晨练的人
都开始退着走
我的回头率就消失了

夜,海

◎陈维锦

然而。
浪花终于搓痛了海岸的脸颊
它耳朵的沙沙声更像来自火山

或者比火山更盲目的外星球

就在昨夜，月亮圆过天际
小贝壳小海螺小珊瑚小礁石
没有返回大海，它们身体上空虚的部分
喂饱了月色和冷静的盐分

我疑心，海是更大的事物的儿时
或更小的事物的老去
我担心，它已经厌倦自我的反复
和停滞的地理

假如我们不愿回头是岸
作为沉默的大多数，星星
并不关心光明和潮汐的高度
它偏执于清点黑暗的倍数
很快，磨损了边际的光将来赴约

桃花至

◎陈建

桃花，这次她掏出的是
从湿漉漉的胸口，她的瑟缩
完全是闪烁的点击
如同还在害怕，我们生产力中的陌生词

也可能,这是她对褶皱这个体操动作的全部理解
像整个冬天,我一直在习惯
一分钟前还算干净的枯枝
直到春风突然掠走她多余的宁静
——假如完美也有类似的顾忌

窗口(外一首)

◎李龙炳

没有下雨,我也打着雨伞
经过你的窗口,你可以借更高的阳台
理解我的拐弯,朝向人民南路
许多人看不见我的头

少女牵着一条燃烧的狗
挤上了公共汽车
她脖子上火星四溅,我和她隔着
三个以上的警察

乞丐在废铁中找到自己的牙印
他有时会抱着桥墩,喊亲爱的
他的骄傲来自于
没有一条河能淹死他

没有下雨,我也打着雨伞

经过你的窗口,你在封闭的卧室里听见
我拐弯时的心咣当作响
没有人知道我吃过比身体更多的煤炭

你想说爱我的时候
我的头上已经长出了蘑菇

这么多嘴唇和月亮

挖掘一座空山,用石刻的嘴唇,
我试图绕过这暂时的黑暗:在石头内部
洗净我食道上的灰,
实际上我吃的是过期的墨水。

思想像营养一样流失,
没有一个追随者,我隔空亲吻过的
不是蝴蝶,就是蝴蝶梦
更多的村民在我的身边低着头

包围我的泪水,要求改变
田野的属性。
"你错了,我们对亲吻不感兴趣"
于是我修的路,从天上掉下来。

向下挖掘的一个圆形的建筑
我将在里面喝暗河的水:改变了习惯
却改变不了命运。

我的汹涌的双手,抱紧童年的皮球。

但是,但是,我还活着
我的海已经漏光,我不得不忍受
月亮从我腰间升起,
照耀我嘴唇上晦涩的语言和无名的耻辱。

以上均选自《屏风》第 20 期

《未然》诗选

《未然》2016年1月创刊于湖北老河口,年刊。刊名取自老河口著名诗人光未然(张光年)的"未然"二字,是老河口诗歌朗诵协会会刊。主编郧碧辉,主要参与者刘晓蓓、赵庆文、陌峪、李默、汪建国、乔天正等。立足汉水、长江流域,面向全国,重点培养本土诗人,加强同外地交流,组织举办多次采风、朗诵、诗歌研讨等活动。

秋渐深（外一首）

◎江南客

两只蝴蝶，一黄
一白。"是绿色植物吐出的
会飞的花朵吗？"
在仲秋的田野点醒空灵

微风渐凉，白云动情。有细微花粉
植入我的肌肤
血液似初春的河流
暗藏某一种冲动

举目空旷，云背负了万千
蝴蝶。我的余生
将有一次充满快感的
裂变

平衡术

喝酒时的快乐，埋下
荆棘，和乱麻
痛苦已把兴奋含在口中

我无数次站在窗前,看
花草在微风中发情
鸟雀在阳光的丝弦上滑动生命

我知道,世间快乐和痛苦
是相等的,在你犹豫的一瞬
平衡术是罪魁祸首也是
送子观音

放眼世事,清醒
犹如奢侈

选自《未然》总第 3 期

夏（外一首）

◎陌峪

梦里的拥抱很真实
伸出的手臂
温热的。贴近的胸膛
我以为你不会再来了
那些痛苦的
毁灭在手里的青春
出走的神经
敏感如触角的外壳

我怀念的
世界分离后
和平的蓝色

灯　火

重复的傍晚无事可做
有很多人回家了
衣物和钱财不属于他们
梦想也不属于
那些穿着美丽的姑娘
行走在异域风情街道上的孩子
她们只要眨眨眼
就会有明亮的星光
掉落人间

终极曲

◎瘦男

飞蛾扑火后，就再也没有回来
浴者背光而歌
尺八为枯萎的草木起舞
勾栏浊影重重，远去的劳歌是哽咽的烛火
雾霭凝重，形成合围

时光胶柱鼓瑟，一副横绝的样子
稀微的星光是最后的见证者
噫吁唏，物物相拥，猿啼如细竹
尺八为枯萎的草木起舞

太极图（外一首）
——浅度哲思之二十七

◎乔天正

天生泾渭，不愧为精神的断层
命中的九宫摆放乾兑离震
昼与夜扭曲成扣，如罪恶走进产房
当黑漫过良心，可轻敲木鱼

你来之前，碾盘一直沉默一直混沌
灌铅的日子僵化成古装戏的套路
尽管，路不算长

还有什么比谈论他人那点丑事更令人兴奋
黑眼白眼，一爻三卦，勾陈对视直符
从不在背后八卦别人的人，背后
总被别人八卦

时间补齐黄昏的底色
能帮我抹得再黑一点么，深重的黑能遮蔽寒潮

或因，没学会对说出去的话不负责任
没学会，承诺像风，素来不用兑现

桃子坠地，不是挫折
珍惜那点可怜的自尊吧，因为
自从双脚落地那刻，就已决定走向死亡

诗人属瓷
——浅度哲思之三十三

一个属狼的人，把一堆瓷器打成一堆瓷片
破碎声分堆摆放，然后，任凭精神分蘖
若有人想抽我，那就伸出巴掌

被水的柔性所惑，布防在楚河汉界
神亲手烧制的棋，都有神的天赋
它玉般的骨子极具顽固的脆，虽易折易碎
却不腐不朽，咬不出牙痕

夜，加速靠拢，胁迫奶嘴捡起哭声
一个汝窑摆件，本想在矜持中故作城府
却意外被火孵化，像巢居的幼隼灯光击倒黑影
灯光，诱导真相口吐谬论
兜售玻璃的人断言，世上没有诚实的火钻

常在浪里走，不是江湖人，瓷的疼痛闪着亚光
容忍，一只蜂落进粉彩

而能意识到风的讽刺，根本就没真疯

米拉波桥上的策兰，山海关前的海子
决斗场上的普希金，自沉河底的戈麦

碰碎翡翠，我还是我，若余生还有所为
铁定要用那堆破瓷，拼合一个诗人完整的原型

红　莲

◎胡从华

有一种淡淡的矜持，在眉宇间
绿光流泻，若晨曦潆潋载你莲步轻移
有一种清风徐来红焰温婉的古典

你持着你的沉静，氤氲入花瓣
若有鸟鸣声落下，你顺手一接，衣袖一挥
便有一群小精灵嬉戏翻滚于天然碧玉盘

多少人注目你娉婷凌波的姿态
难道芬芳不是从沉寒中来
你擎着红焰灼灼的灯盏
光芒如远处的钟声，穿破周遭的黑暗

以上选自《未然》总第 4 期

《零度》诗选

《零度》2011年6月创刊于成都,季刊。创办人笑程。秉承心态、欲望、名利归零的宗旨,倡导"立足母语、直面生活、情感抒写、道以为诗"的写作理念,听从于诗歌的原始感召以探究汉语语境下的诗学存在,力求重现汉语的历史命名,致力于民间诗歌生态圈的构建和呈现,肩负挖掘、传播更多民间优秀诗歌、诗人之重责。

多事之秋

◎ 笑程

秋天有很多故事,缺少故事的人
喜欢干涉一朵花的盛开。在一青一黄里
却又力不从心。

被故事围困的人,在色彩里低着头
不停地抱怨秋风的凉。

而那些在夏天被太阳灼伤的手
无法将瑟瑟发抖的文字,连同果实
一起冬眠。

唯有穿过天空的树枝,面对落荒的情感
一言不发。

身份的质疑

◎ 苏勇

我穿过那个长长的菜场时以什么身份

桌上有剔好的排骨，篮子里有新鲜的金橘
卖辣椒的秃头大叔眼放红光

我穿过拥挤的车流中间时以什么身份
空着的座位，流浪的狗
斑马线静止在一条水流的腹部
喇叭声响彻天空，五楼上一只画眉睁开睡眼

我像一座前行的孤岛
有一条小船载着我的简历，三十岁独有的
短章

当我穿过夜行人深色的黑幕
霓虹以夜的身份露出了自己的隐秘，对
那颗快掉下来的灯泡摇晃了很久

麻园路，三十米大道
生活的每一条道路穿过了我，我就
怀有了道路行走的身份

夜　行

◎庄毅滨

街道有点失落，路灯下没有影子
对岸的桥上很空，像极了世界的尽头

路好宽好宽,树好高好高
叶子安静地在策划一个阴谋

那朵花儿开得迟,迟得静悄悄
草丛中的声响催促我的脚步
看不清更远的地方
面无表情好过强颜欢笑

很抱歉,请原谅我的冒昧
就这样闯入你的世界

西河谣

◎詹义君

西河空阔,放得下矫情之诗。
譬如遇见芦苇低头,岸上人便纷纷动了心思。
想起去年,芦苇也曾经开白色的花
我打它们身边过时,一个寂静
一个无言……

秋风逛遍堤岸,又溜到沙洲。它懂得
如何才能不辜负好时光。
我不是多事之人,偏偏忍不住虚构了一条渔船
它停在河湾水草间。现在,渔夫正走在
去小镇沽酒的路上。他没有

听说书人讲起过不系之舟,但知道
他离开后,夕阳会替他守船。

河水早已安置好树林和
云朵的倒影。
白鹤贴着水面低飞,一再迷恋
自己翩翩的影子。在耐心等待水落
石出、或者趁黄昏追忆似水年华之前
我向白鹤讨要人情:如果
那个河边洗衣的女子,不小心揉皱了镜子
千万莫要嗔怪她——
她喜欢生活在旧光阴中,是我
多年前爱上过的村姑。

湖　底

◎王冬

那被踩碎的三叶草的淤青,与风油精的热烈
在黑池坝的尽头缓缓消散
我是远方来的陌生人
手上密布的水泡也无法给它安慰

阴影里,我们离得好近
赤脚在光线缝隙处,没有悲伤
只是些许疲惫

我举手高过头顶,对岸的树就像鲜花
将我与天空连接
我感觉自己就是剪刀,柳条在我身后纷纷坠落

在湖心亭的白塔下,赤裸着松垮的肉体
白得刺眼,我们逃到绿荫底下去
金色的小鱼洞察一切,我们在湖底游走

消　逝

◎却悔

这片土地
种过你爱吃的玉米和黄豆
如今麻雀鲜少光顾
庭院深深　锁不住潮湿的青苔
茶几上的灰尘把时间铺成一段厚重的岁月
痛苦结出一层厚厚的茧
再蜕化成一只丑陋的飞蛾
你走了很久以后
这屋子的笤帚、簸箕、水壶
所有与你有关的事物
都陷入了沉睡
直到如今我都不敢回望
生怕它们鲜血淋漓地再次醒来
向活着的人讨债

奔　跑

◎左存文

那个列车员兼播音员
趴在狭小的工作台睡着了
她皮肤黝黑和铁轨天然亲近
只是声音和相貌多么不搭
她的语法像我走过的山谷
而脸庞像车厢连接处的烟雾
那脸上熬夜的痘痘已经
和我曾咽下的泪水不期而遇了
列车总是这么固执，这么匆忙
而所有悲伤显得格外悠长
头顶，月亮似我们啜嚅的双手
周而复始地搅拌着山河
却在浓稠的隧道里猛然收回
是的，一切，总有停止的时候

　　　　以上均选自《零度》2018年1-4期

《桃源诗刊》诗选

　　《桃源诗刊》2014年1月创刊于湖南桃源，半年刊。创办者、总编楚天之云，副总编桃花岛主，顾问苗雨时、余立斌、罗永常、田桃源等，主要成员王腊忠、李祖新、周勋伟、李安军、凡林大千、黄袁蔚、仁慈居士等。

用溪水洗头的女人（外一首）

◎ 熊芳

山上流下来的溪水，深处可及膝盖
它一边唱歌，一边清洗着乡村粗糙的回忆
女人们总喜欢蹲在石头上梳洗长发，
洗掉男人的旱烟味
洗掉厨房的柴火味
然后把长发垂下来，让阳光晒干
看她们安静地低着头
像一个个朝拜者虔诚的忏悔

死　法

躺在床上，突然想到死法
如果要自己选择，跳楼，摔得粉身碎骨

投河，膨胀得像个猪一样浮出水面
自缢，还要吐个舌头出来吓人
都不行，我是多么爱美的一个人
喝农药，对气味过敏
割腕，让身体里的血一点点抽干，也不行
想来想去，还是吃点安眠药

至少没什么痛苦,就像做了一个梦
很多人活着,就像吃了安眠药在梦里游荡
不由自己支配,还不如死去

春　雨

◎刘洁

春雨,细细的来了
穿透寒冷最后的防线
从温润的枝头,落于发梢

一滴春雨,拥裹着嫩芽
如初育的身孕
涌动全新的希望

春雨如烟,朦胧了远山
未曾飘零的红叶,是深情的眼睛
盼望着,盼望着,那抹渐近的绿

春雨如潮,打湿了岩石
石缝中滴下的雨珠,是感恩的泪
流经了小河,流向了大地
撒播到,新翻的春泥里

草,在地里萌动

忘却了，冬日的那把火
忘却了，被烧焦的外衣在随风飞扬
又一次在春雨的滋润下
重新来过，

生命，是一场不停的旅行
春雨，是芬芳的使者
抵达了你的心田，你就会，
开放成花朵。

遥远的雪峰山

◎周勋伟

开门见山多么贴切形象的比喻
此刻我推开门去
就能见到雪峰山脉的一小部分
但它是我童年的整个世界
暮色中的雪峰山莽莽苍苍
就像那年从炭山归来的父亲
用落满灰尘的双手将我举过头顶
看到的天最蓝星最近
感觉自己远远地高过了遥远的雪峰山
以至于多年来我一次次地攀登
一次次地失望
此刻我拥着衰老而羸弱的父亲

泪水止不住地流了下来

风

◎余仁辉

在游动,偶尔栖于小小的枝柯
它是一个悲伤的旅人
没有行囊,只有故事;没有前途,只有末路
抓住一片叶子,它不住地颤抖
我在它来之前抵达
这小小的客栈无处容身
它一如我,在外头徘徊、顾盼
在今夜,我们成为落难的兄弟,相依相守
它幻化,有时真,有时假
万物为形,却找不到自己的骨骼和肌体
它在山林间游动,在旷野里呼号
我紧随着,看它暴怒的面孔和踉跄的步履
一个迷失的醉客,一个不知道家的人
被自己推搡、挤压,东窜西走
携此一阵风,我们不问方向,不问时光
相对而歌,抱头痛饮一场泼剌剌的雨

血 色

◎张颖阳

黄昏,
祖父拽着瘦长的影子,
仿佛一支干枯的笔。
每向前一步,就写一个字,
流一滴血。

一根草绳提着的红鲤鱼,
血的腥味越过鳞片的沟壑,滑落。
如幽暗的夜里滑过的一条长蛇。
鱼,只是一条鱼。作为祭品,
抚平水的皱纹,抚平后山飞鸟泣血的鸣叫。

血色就是黄昏的颜色。
人与稻田此刻沉没,
血色中黄金般安详。
坐在柴堆上的祖母此刻安详,
丢失的记忆让她苍白而崭新。
仿佛她的眼睛,
被黄昏遗忘,
宇宙最冷的黑洞,没有血色,
她望着的祖父成了雪,一片茫然。

我梦见自己躺在草地上

◎胡平

我梦见自己躺在草地上
柔软的草，轻轻托举我的身体
一些事情正在发生，仿佛
有某个人暗中推动它们

我梦见空气使每一根草战栗
我的灵魂爬出晃动的身体
半空中，另一个人俯瞰我
然后他落下来，烟雾一样停在

叶子上。我梦见我的身体像一只
听话的狗，温柔地趴在叶子边缘
时间慢慢变成黑色，春天被一块
厚实的布掩盖。我梦见我的身体

和灵魂贴地而行，慢慢
退回到黑暗深处

以上均选自《桃源诗刊》第 12 期

《海岸线》诗选

《海岸线》2017年1月创刊于广东湛江,季刊。创办者张德明、符昆光,主要参与者赵金钟、梁永利、黄钺、程继龙、袁志军、林水文、刘卫、杨梅、陈雨潇、凌斌。坚持先锋性、当代性、开放性的审美理念,本着立足湛江、放眼全国的诗歌立场,为本地诗人提供诗歌阵地,也为本地与外地的诗歌交流搭建平台。

帘（外一首）

◎陈雨潇

有些事物，想要由内向外
有些，则由外到内
一层间隔
阻隔了某种能量间的
流动

比如目光，打在帘上原路折返
比如气味，被帘分成了
里面和外面的。声音
在帘的这一边，那一边
互不通融的两种物质

即使揭开帘，世界也并非
流动互通
总有些事物，只想由内向外
拒绝外界的侵入
比如，帘后，一颗沉默的心

慢

插花的时候，时间过得很慢

慢得叶子，永远绿在树枝上
慢得花朵，慢得人世
云朵飘动

在同一个地方
门打开，在某一个角度
有情话未完，长长的尾音中
一个人出现……

黄昏向晚，华灯未上
一个人修剪花材，在空房间
修炼一种定静，身体
如烛火，豆亮

时间如流水，在花与匠之间
漫淌
那一刻，一生
如此漫长

玻璃栈道

◎郑成雨

1

善意总被秋风曲解，玩弄于股掌之间
满山的石头和树叶，各自心怀鬼胎

年久失修的道义,以各种面目
混迹于世
神在闪亮的叶面上正襟危坐
有风吹过,众多的叶子
便目光游离

2

人走的这条栈道,鸟兽也一样走过
一座山在打坐,以浴火的凤凰命名
不遵古训的凤凰,早飞走了
同样犯过戒律的虎
未放下雄心

阳光被切割成碎片,犹如
轻易就破碎的秩序
人间的尴尬,面面相觑
通达天地的道路,是用玻璃做的
走在上面的鞋印,踩过人世多少烟尘

3

杯中酒都是荒诞故事,被传说多年的
豪气干云,一直等不见肝胆相照
好故事都在剧本里,人间的那些事儿
经不起推敲
每个人,不管是善是恶
无不游走于时间的刀锋

4

人间风刀雨箭
山底下埋着的乌骨，阴雨天气
常常翻出疼痛
真相到最后都没有说出
人心的真相，不是一条玻璃栈道
就可以昭然于世的
有些事，在转角的阴暗处
有些事，永远埋在神的心底

远方，孤独

◎陈华美

群山堆积的石头
没有一颗能焐热我的心事
浩瀚的海洋
没有一滴水能融化我的爱

秋天的蒲公英仍然依次开放
哪朵芬芳能解惑我梦中的绝望？
那片云好高
一只鸽子啄住云
坦然自若
我羡慕

彼岸花的叶子也会枯黄吗?
远方一次次铺满
孤独

远方比天堂还远
孤独,在一扇窗沉默

雷州半岛（外一首）

◎赵金钟

因为饥渴,把嘴贴向了海
身子不断拉长
直到把妈妈的呼喊甩在了远远的陆地

就这样,一路奔跑,冲进了海
便再也没有回头

南湾湖

这个湖跳到我手心上的时候
我的手没有湿,心却湿了

这一刻

我不能放歌，就让那清得喘不过气的清去放歌
我不能欢呼，就让那自由得不能再自由的白鲢去欢呼
甚至，我不能言说，就让那总也扯不断的涟漪去言说
我也不能抒情，就让那舞动得不能再妩媚的水珠去抒情

这一刻，就让我静默无声地站在你面前
让我忘记天玄地黄，忘记我自己
让我的周遭氤氲着洁白
呼吸里洒满银色的静寂

这一刻，所有的浑浊一起下沉
唯有灵魂上升

俯瞰（外一首）

◎梁永利

自上往下看，做鸟样看
老师在黑板上的比划，很动人

飞机如鸟。可我躲进的是机舱
机翼斩断无数次阳光，白云
我的心碎过无数次。其中一次
因雾气影响，飞机要返回别处
我赶紧俯瞰我的人间，全舱的人脸
比雾色苍茫

打那以后，我把俯瞰交给山顶的寺庙
交给迎客松，红尘太小，无须看破

别　离

只有酒，知道远去的斤两。不醉不归
与女人，归来是一个家。与朋友
归去是江湖。大雁忘记霜降
烽火连天，你的马蹄，带几盏灯光
照射家书，这么潦草的心迹
明月猜对，而我因酒不能
不能举事双亲，不能忘忧国难
越过百河，雪山在远方寻求儿子
执手温暖，望眼发凉。向东流去
烧纸的风俗从郡县到里弄，传出
一场奔月的戏，唱错词的人，水袖
在篱笆里打旋。我在里弄问路
浪说，兄弟保重。风说，江山永葆

在祖国大陆最南端看海

◎凌斌

终于以诗人的身份

踏上南粤之南的徐闻
在祖国大陆最南端看海
两道一同朝向而来的海浪
在这里交合,像一对情人
痴缠,起伏成诗

拨开海水,你会看到珊瑚林
它们多像祖国的孩子
而游过身边的每一尾鱼
都会带来乡愁
填满了整个海峡

岸上的灯角楼
仿佛是一个沉默的老人
你会从它身上的斑驳
找到岁月的弹孔
一只海鸥停在楼顶
被我的歌声吓飞了

沙滩上的足印,是不会
被大海记住的
当自己也是一朵浪花时
就有人写下一行诗
拜祭了天地

以上均选自《海岸线》2019 年第 1 期

《地头蛇》诗选

《地头蛇》2018年3月创刊于贵州铜仁，不定期出版。主编鬼啸寒，编委杨树洁、蒲秀彪。理念为自由、通灵、全球。

身体（节选）

◎ 〔玻利维亚〕玛西娅·门迭塔·埃斯登索罗

3

海盐卷过来铺天盖地的狂怒

我拖着双腿走向岸边
直到感觉海水变得温热
那是陌生海域的离子式燃烧

我的倒影磨损在波澜之上
我的身体间印下
这游戏的白银伤疤

离别被潮水推回
仿佛碱性的记忆

阀

4

游戏开始之前
在极小的时间碎片间
冲动臣服于心弦的搏动

如何挣脱
——坚持吧,卢克莱修——
命运的藩篱?
如何逃离正驱动着此刻的欲望?

如何测算克服惰性所需的时间?

如何去感受
那被身体
模糊的自由?

我与你所期待的爱情

◎〔俄罗斯〕巴达列娃·阿纳斯塔斯亚

两只蝴蝶在空中飞舞,
轻抚着拂动窗帘。
金色阳光沿着我们脸颊弥漫,
亲爱的,咱们来聆听迎夏美丽的回声。
有我陪你的永恒,
如同花朵的苏醒,野心勃勃:
碧绿的河流,飘着桃香的宇宙,
在树木之间的鸟鸣声,
这些,将敞开你我的心扉,
这些,不能让我忘记你那一天的容颜。
我愿意跟着你四处去飘飞,

远看染成淡红的蓝天白云,
细雨徐风,微霜吐兰。
我懂得上帝给我准备的安排:
期待我与你的未来,切望爱情轻柔声音……

瓣的回音

◎艾非

它涌过来,临近一座偏音的城市。
玫瑰花瓣在钟声里跳舞,承载着水的辽阔。
辽阔?无疑更难消融女人湿漉漉的头发。
如木屑来回穿梭是断续分布的星辰,将马路
填得更满。而花瓣
在永恒坠落中显赫如皇帝的新衣。

帝王的红月亮,在雨水
失落刹那中被洗白。要想到
一朵盛开时获得幸福!
一朵在月光中死亡夺得赞颂,谁为了
使它们的婉言赞颂得更加美丽?
便需要将雨水再践踏一次:每一双脚印
都是一扇失律者的窄门。

窄门若关闭你,便主动反锁我们。
若时间将雨水修饰成掌心的比例,

花瓣匆促遨游于我倦弃的掌,抛如雪。

——渐将低温降如你真身。

无　处

◎宫池

推敲的门,推敲我是必须的
缓冲的指,陷入凹处——人和事
显得孤独具象

放弃渴望,放弃爱情,放弃可颂的
影子位于的门中,扇叶开合
往返、休顿,与此——冷

——甚至
冷得——黑漆漆的,高空
门显得我不在其中

以上均选自《地头蛇》2019 年第 1 期

《中国风》诗选

《中国风》2006年2月创刊于湖南浏阳，不定期出版。创办人、主编黎凛，编委会主要成员黎凛、吴昕孺、左岸等，艺术顾问南鸥、非马、蔡宁、马知遥等，代表诗人南鸥、蔡宁、左岸、马笑泉、起伦、吴昕孺、欧阳白、梦天岚、吴投文等。提供一种与存在现场互动的诗歌文本，建立一种自由、纯净、独立、多元的民刊精神内核，立足湖南，辐射全国。举办过主题诗赛、诗集首发式、作品研讨会、诗歌朗诵会等大型活动。

谷 雨

◎梅苔儿

节气带来一些事物
阳光朝最低的山谷进发
雨水渐多。河流开始自弹自唱
你把采来的春随手抛下。百谷生
遍地锦绣

我家乡的谷雨，在人间。芳菲将尽
春光留得住的，唯有暮年
村庄守着村庄，老人守着老人

一蓬蓬野草，不管不顾
死命地绿。它们抱团
正试图堵住，土地越来越大的伤口
草拔高一寸，大地就降低一寸

那些低处的，卑微的小生命
正忙着灌浆。我们是被选中的疗伤之人
世间所有的伤口，都有治愈的良药

霜　降

◎杨建

我承认，我应是站在季节的痛处
不然，怎会这个世界冷了又白

秋水静若处子，瘦荷落幕
睡莲醒了，河水轻盈

我早在等一场霜降
等风带走所有的忧伤
雨是否忘却曾沉淀的记忆

这不是有恨的季节
阳光告诉我
这个世界的悲凉
会老去，或结成冰，
在山岗，在人世间

小　满

◎黎凛

我喜欢小而圆融之物

小志气，小欢喜，小情调
女人的嘴唇要小，以便刚好
轻轻咬住，覆盖。还有小鼻子
小眼睛，温热的小火苗
黄枇杷，你小小的乳房

小裙子，把你的腰身裹得紧紧的
逗弄着南风的小野性。一丘秧苗的
小冲动。小玉兰，不要再开了
石榴的脸红得刚刚好
我知道，在布谷鸟的催促下
十天前，她就怀孕了

立　秋

◎黄泥界

牧童骑牛归来
邻家妹妹和落日一般脸红

那时我扯一节丝茅
可以吹响半村的曲子

如今一片梧桐落下
我也无法扭转岁月半生

时间是最好的老师
只是夕阳是道难解之题

今日一过
风从北方来，雁往南边去

从此白发交给寒蝉
丰收属于田野

大　寒

◎ 邓恩

冷冷的风穿过骨髓的缝隙
穿过白雪，穿过雾霭，穿过大珠小珠的雨露
穿过一望无际的荒野
穿过柴尖的火焰

大大的冷腾起白雾
拨开云烟可见日月，可见你
正抚平岁月的褶子
低头盈盈一笑，一副岁月静好的样子

烤上火，拉着小手
怀上一米阳光
怀上白色的月牙

怀上一群无邪的孩子
像小鱼在未知的诗句里跳跃欢欣

一条条木简札记
一生二,二生三,三生万物
梦穿过大寒,与春天交相辉映

七　夕

◎双面灵龙

不如相见吧,不如小鹿乱撞
不如天花乱坠。不如明日
鹊桥上倒尽相思的苦水

我是穿春天一样的柳绿
还是,冬天一样的雪白
是梳一头黑瀑,还是两尾长辫

一定要他看见我最美的样子
看见我,织衣纺线的影
轻如蝉翼

我已经想好了:先背对着他
再慢慢转身,然后用尽眼里
所有的桃花,看向他

看着他的时候,我一定要
忍住泪流满面
忍住,掉入脚下万丈深渊

孤 独

◎陈敏华

一直以来,它拥有相同的表情
和为数不多的几个近义词
比如孤单,比如落寞,又或是寂寥
它是栽种在童年身上的一支疫苗
用沉默的疤痕掩盖谎言的疯狂
而当真相的嫩芽拱破岩层
孤独疯长,它轻松翻越表情与词语的界限
成为惶恐,成为愤怒,与绝望

你说,那不是孤独。听——
耳边充斥着相同的口号,还有方向一致的讨伐
无需几日,雷霆霹雳就会炸响大地

亲爱的,这我知道。这个世界
不缺雨露和温度,它们将浇灭人群上空的愤怒
然后,生活会重回旧轨——

他将继续去田间喷洒农药
她则回到三无食品的生产车间
还有人，依照惯例
坐进头等舱。身后的忧虑啊，怎追得上翅膀

我说的他们，亲爱的，其实
那就是我们。我们已经习惯在这样的生活里
深潜。看，水面多么平静
我们在一起，紧紧相连，多像一整片海域
可当海水退潮，我们会发现
那只是一座座孤岛

　　　　　以上均选自《中国风》总第 14 期"同题诗会"专号

《中国汉诗》诗选

《中国汉诗》2018年3月创刊于北京，主编王长征，顾问王家新、田原、叶鹏、祁人、乔延凤、庄伟杰等。打出中国新诗"本土化"旗帜，旨在强调诗歌的地域性和民族性，注重对中华民族"汉诗"写作传统文化的继承与发展。

骑者与符号的行走（外一首）

◎李自国

两个骑者，一前一后
斜跨着戈壁滩上发呆的严寒和朔风

两个骑者，一左一右
怀揣着夜的海拔，窥视这杳无踪迹的孤独

你从自身的肉体里狩猎，让灵魂追杀，让体液迁徙
两只走累的靴子，一个煎熬成太阳、一个煮熟了月亮
它们生出的翅膀，带着身体里的呜咽与雷火

让日月赶路，让天空的脸上倾泻河流
当马头沉默的正前方出现一个秘符
当骑行者的凯旋来自头顶着的一件猎物
当克制鬼神的符咒，在曼德拉神山尽现两座驼峰
你占卜，像算命先生，发现一前一后就是一生一梦
一左一右就是一言九鼎，就是你难以脱身的
唏嘘不已的苍茫宇宙，以及宇宙之下
被上帝指认过千百次的、生与死的两座高峰

猎羊与马队的对话

一个猎人在执弓,在捕猎黄羊
一群骑马者在执弓,在捕猎黄羊
——黄羊,黄羊,天地玄黄
你流落异乡远行,留守的羔羊满腹忧伤

一个猎人在执弓,在捕猎盘羊
一群骑马者在执弓,在捕猎盘羊
——盘羊,盘羊,你盘山涉水而来
你的羊角被黑夜吹响,你的泪水被白昼吟诵
河流的清白得到了释罪者的宽恕
滴血的蹄印,盛开你迷途难返的花朵

一个猎人在执弓,在捕猎北山羊
一群骑马者在执弓,在捕猎北山羊
——北山羊,北山羊,你的欲望在草原疯长
雅布赖群山将信仰照亮,你目睹了
石头的飞翔,目睹猎人与马队的神话被大地融化

夜行人（外一首）

◎ 亚楠

雪刚停下来。昏暗的
光从穹顶泄漏
仿佛这黑夜也是一种过错
对于雪
只有雪狐可以听见

乔拉克以南
雪崩以排山倒海之势清除
异己。和他的思想

其实都在孕育中
没人看见雪夜
孤独是什么样子。一蓬枯草
他裸露的根
被荒芜凝结，呜咽

在空地上。停止也是另一种
行走……被静默吹向
干净的浴场

梦游者

露珠匍匐于花蕊
透明的部分。芬芳从泥土中
把她高高举起

在巴音阿门
水是一群清亮的蝴蝶
静静地飞

环绕山谷,和透明的翅膀
马蹄声传来

迟暮也是一种心情
缓慢的味蕾,静默与忧伤
唤醒我的记忆

哦,君不见溪水边
成群的野鸭
让夕阳涂满油彩

而远处,矢车菊的爱被
风轻轻摇晃

迟（外一首）

◎沙克

跑，迟了
骑马，迟了
鸟儿飞，迟了

跟日影转，迟了
秒表拿在手里
数不清嘀嗒声

必须迟，或者退出
甚至反向而行
与现实主义拉开距离
遵从自身规律

向里面飞

从各个地方来的他们和它们
向我飞
我的肢体向我飞

向里面飞
里面，最里面

独一的聚光灯:
生命、自由、美和爱

飞进我的芯片
飞得极慢,飞得无边
看得到一座大坟
向宇宙发散骨骸的光芒

从不同的自己到唯一的自己
向里面飞
我在向自己飞

傍晚（外一首）

◎一度

渡口边,有流亡的车队
在夕阳里等待
如果不是羊群出现
这将是多么死气沉沉

赶羊人将羊赶到江里
直至不见
吹口哨的少年,将柳树
和白杨,赶到江里

满树鸟鸣,跌落下来
赶羊人跌落下来
少年跌落下来
我的局促和不安,跌落下来

我无数次替代谁死过

我们当中,谁没有死过?
六岁那年,替难产的母牛死过
八岁,为鱼塘里溺亡的堂哥
十七岁,为前排蝴蝶结女孩
"风吹过她的蓝布衫"

二十岁,为果园里醒着的里尔克
二十八岁,父亲坟头
挺直的松树死了,这足以让我
再死去一次,两次,无数次

群山死掉、湖水死掉,敬畏的
诸神死掉。
我们能否像远处灯盏一样不朽?

以上均选自《中国汉诗》2019 年第 1 期

《赣西文学》诗选

《赣西文学》2007年12月创刊于江西萍乡，原为不定期出版，2019年改为双月刊。创办者漆宇勤、李林峰、赖咸院、陌上七言、彭阳、刘华等，主编漆宇勤。宗旨为团结全国各地的作家诗人，尤其是团结赣西地区的作者，对外推介赣西地区的诗人和作品。

寻（外一首）

◎漆宇勤

流水凝固成玉
而草木啜饮着时间成珍珠
为着有一天你终来相看
沙砾坚持为沙砾，总都不变样
只等修行世界里闭关万年的男子
一路寻来，捡拾三万年前失散的伴

硅化木

不许你误解我
有年轮的石头不是老唱片
所有纹理都聋，哑，保持沉睡
只有肚脐上的虫洞依旧鲜活
仿佛有什么即将探出半个身子

人来人往的山谷间谁也不认识谁
那一刻空心的古木突然后悔
脆弱的肉身自有其来路与归处
何必挣扎着朝石和玉的姿容跳龙门
以至于看今天这山间的冷雨绵延

顽石记（外一首）

◎春暖水

一块被玩弄于指掌间的石头会不会想不开
会不会跳湖
会的。我刚这么想
它便从手心挣脱着跳出来
一个箭步径直窜向湖心。我突然心生懊悔
探手去救——

晚了。它甩了我一个趔趄

鞋　垫

就像脉络。不能没有溪流
不能没有田埂，不能没有纵横交错的路
就像脉络。不能没有叶子
不能没有枝丫，不能没有树
不能没有黄橙橙或黑油油的泥土。就像脉络
村路旁零落的砖房就像
一个个茄子，丝瓜，西红柿
一个个向四面八方走出去的人就像

细细密密的针脚
在大地上穿针引线，留下生命的痕迹
直至不同的终点

故人（外一首）

◎ 紫溪

你来时，我闻见了这个味道
在小酒馆里，月光掀起青瓦轻轻跃下来
红叶树摇动的样子，像女人晾着秋衣
粉条白菜相互寒暄，碗筷切磋互补

白净的日子匀称得体，写得严谨又落寞
这个时候有风有雨该多好
我摇醒内心的感动，你提来几斤快乐
再干了这一杯青黄不接的世事

高跟鞋

我喜欢一切矜贵的女孩
问起我的价格
我喜欢所有美丽的脚陪我踩过秋天，落叶
和沥青马路
我喜欢你边涂指甲油

边流泪的样子
我喜欢他裸露你的足踝,轻轻
吻过
哦,你多么快乐

我喜欢你的战栗
打动了一个又一个男人

以上均选自《赣西文学》2019 年第 2 期

《湍流》诗选

《湍流》2010年10月创刊于湖北公安，创办者野梵、蓝冰、黑丰、许晓青、冬羽，编委野梵、蓝冰、许晓青、袁小平、梁雪波、潘黎明、冰马、吴长青、仪桐等。秉持"先锋、独立、现场"的诗歌精神，倡导"后语言主义写作"，强调诗与思的统一性，操持艺术的自由性原则，立足当下，反思社会，介入时代。

失 语

◎冰马

我把我关进一个酒瓶

我看见我的牙齿、舌和唇
在瓶里蠕动
时有起伏

我不了解语言的声音
也就更不清楚
声音的回声

这一场圣战,瓶子里的我
他战斗在他自己的世界
同我一样,有运动便有语言
从而也许有
他自己的声音
和回声

但他生活在我的对面
他生活在它里面
我紧咬牙关
只剩下眼睁睁盯着他

唇齿间起高楼
高楼塌了,又
平地而起
当他如此宁静地沉默
我只剩下一双浊眼
跟着他的节奏,起伏不定

空

◎仪桐

一尘不染的灰色大理石地板上
映射着六条长龙似的灯光
像一些游动着的情绪
现在已是午夜。在深圳
醒着的广告招牌
三个绿衣女清洁工埋着头,拖着地
空旷的地铁室内完美如初,女播音员的报站声音
荡过来,荡过去
站岗亭与售票窗口发生小小的寒颤
步履匆匆的陌生男女
他们忘掉季节,只看速度
我在电梯逆向而行的时刻
很想扯住一个人,问问他去哪

活在低处

◎袁小平

有时,我很满足于像涸辙之鲋那样活着
没有任何拯救也能看到身体里卑微的亮光
身体里的破铜烂铁成天在尖锐地争吵
你要知道这一刻对我多么重要
我不愿成为个别的,愿意活得像死去一样
这里面有上帝的拖延,我们叫顽强
用仅剩的力气关心身体对身体的发现
仅剩的愤怒喂养低处的趣味和黄色幻想
你要知道过日子这有多么重要
所以我越来越木讷,并以此尊重所有沉默的事物
也用沉默省略掉毫无新意的厌倦和悲伤
我居然一直在寻找挽留自己的理由
比如做着苦力时,希望狼狈的外表之下
能有女人喜欢上我的身体,这个真的同样重要
沙漠里两粒沙挨在一起,也很快乐啊
拉拉手,抱一抱,说:
终于真实了。终于沧桑了。

天堂的光芒
——阿赫玛托娃

◎微紫

她不是战士与斗士
她是美，情操，爱，生命力，忍耐，恒定，持久，坚韧……
预知般的感受力，堪称通灵
她感受世界，作为竖琴而发声

爱情，是上帝赐她的另一种丰饶
优秀的男人包围她，一如蜜蜂趋奉花冠
他们不免在她的完美面前被映现出残缺
而致黯然失色

她沉着，以忍耐力而惊世骇俗
她承受了漫长的寒冬
贫困，如影随形，但丝毫遮掩不了女王的姿容
她是幸运和天才的凝聚
苦难的摧折使她冠上的钻石在黑夜里更加明亮

她无以伦比的美与柔情，那么繁盛
如花园被热烈爱慕
啊，其实，她一生何其孤独！
说到爱情，它甜蜜，战栗

而爱情的关系，何其复杂，败落，无味

她荣升为王后仙座
相比茨维塔耶娃的寒夜
她算是活着便荣幸地
到达了天堂

它

◎今果

它是什么，
是一只手，一片叶子，
还是一堵墙？

它在哪里，
在头顶，在脚下，
还是在山中蒸腾的云雾中？

它惩罚你的时候，
你不可狡辩，不可作答。

它托举你的时候，
你不能欢笑，不能惊讶。

它的名称无处不在

你我却从未说出。

瘦　马
　　——读杜甫

◎梁雪波

是怎样的嘶鸣打开危峻的绝顶？
一座山突然闯进孤独的身体
我听到寒锋被速度逼退的声音
在亡灵翻涌的天际
一颗弘毅之心，经热血锻造
被雄盖古今的肝胆诵唱

正如鲸鱼注定在碧海中呼吸
黑色的蚁阵仓皇于闪电的暴击
我看见：一匹马
从词语的断崖狂奔而来
它锋棱瘦骨，有唐音中的硬度
它追风喷玉，以鸟的轻盈
在流水的道路上度沙历雪
将一担秋风运送到车辚辚的北方

它是两个世界的高蹈者，虚幻的肉身
却难以越过现实的坎壈
它是颠踬途中的萧条客，乌云为伴

却像一枚钉子立在苍凉的韵脚中
它不是照夜白,不是
醉卧在老槐树下的飞龙
这浩阔如寒水映孤心,一个时代
的滚滚落日
在我们的梦中不断翻转的铜镜

以上均选自《湍流》总第 7 辑

《洛阳诗人》诗选

　　《洛阳诗人》2015年创刊于河南洛阳,季刊。社长董进奎,主编董振国,编辑丁立、段新强。宗旨为"传承河洛文明,繁荣中原诗坛",多次主办"诗意中原"等大型民间诗歌交流活动。

胡杨（外一首）

◎赵克红

没有了青春可以挥霍
它反而更结实

或者说它生来就没有青春
它最初的种子就是一粒沙子

在沙漠深处
一棵胡杨树常常与一堆白骨为邻

时间已经渴死在路上
日光也将在沙漠里干涸

而胡杨树还有足够的耐心
用枯枝拉完天地间最长的一支大风歌

窗　花

晨光　投射在窗户上
那些窗花就醒了
纷纷用热烈的红色

开始交谈

它们谈论的是一把剪刀
是一颗心　可以从小日子里
把幸福的形状
剪裁出来

多么灵巧的弧度　尖角　波纹
多么细密的线条和让人舒心的空隙
一起养育着
这个令人迷醉的早晨

选自《洛阳诗人》2019 年春卷

老家（外一首）

◎董进奎

墙一天天低矮
已读不出房子的模样
壁上一挂鞭子了断了鞭梢
犁、耙在光影里来往了数遭
安静地歇晌

井空乏，辘轳放弃了绳索
几声摇摆没记起哪只木桶还在等待

昨日的清凉将井沿打磨得油亮
夏夜，莫名的嘀嗒声刺绣着星空
一滴为黎明点睛

自夯的土坯有些走神
半生的堆砌，笑谈里的家
挥舞在弹指间，父亲一生富有
他却越来越瘦
渐露出积压多年的地基

一片瓦

一片瓦也有起落，不再补漏
风景被劫，走入暗道
看不到屋檐下拨珍珠的姑娘
蜗于角落，高举青苔
死死按住声声蛙鸣

那年有一个小脚女人踩伤了自己
穿过飞檐望见披红锦的毛驴
她知道，瓦全是唯有的选择
人间有风，顶一场雨出行
伞是她旋转的梦

屈躬的瓦，一介肉体
用碎裂庇护众生

在壶口

◎段新强

我看到家乡的那场洪水
今天,正从这个叫做壶口的地方
再次经过
它依然面目狰狞,咆哮,狂奔
举起无数浑浊的大手,撕扯着
我身体里的草木、房屋,把它们连根拔起
河岸上大大小小的水滩里,满是
悲怆的眼神,对着天
而我,则站在密密麻麻的游人中
像一棵孤单的茅草,再次抵挡住了生命里
一段滔滔不绝的逼问

以上选自《洛阳诗人》2018年冬卷

下雨了……

◎常保平

下雨了
我听见春雷滚过田野的上空

春雨弥足珍贵
要下,就下在有草有树的地方
下在农田里,我在那里埋了种子

不要浪费啊
多余的雨,就下在地窖
下在瓦罐、水缸里,容器内有实物才不虚拟

不要不均呀
不要只下在南方
只下在肥沃的土地上,富人身上

下在我的额头、小手上吧
我期待的绿檀一样的期待,及时,温润,畅快
一滴雨是震源
我期待它带来多波次的花开效应

四月物语

◎刘惠霞

一切是鲜亮,潮湿的
蚯蚓在泥土里,翻滚思想
云雀在蓝天,缝补梦境

年轻的风,剥开生活
日子纵身一跃,贴着阳光的衣角飞

再也不需要隐忍
四月的人生,奔跑着
它打开身体的门
随手拈来一个梨花的呢喃

此刻,光阴逐渐弥合时光的罅隙
万物都有了,枝繁叶茂的勇气
它们把胸怀里的珍珠掏出来
盖成堡垒
在春天里打坐

以上选自《洛阳诗人》2019 年春卷

《白天鹅》诗选

《白天鹅》2013年4月创刊于辽宁沈阳,双月刊。创办者胡世远,主要参与者刘川、李一泰、沈锦绣、孟黎。热忱服务于全国各地的基层诗人和广大诗歌爱好者,为执着向上且有探索精神的诗作提供一个展示的平台。办刊理念为"好诗在民间",致力于发现好诗人,推广好诗歌。

一只乌鸦（外一首）

◎川美

早春的浑河畔，我散步
一只乌鸦站在折断的树干上
望着河水，它沉思

粼粼波光中，鸟的剪影
凝聚思想者的沉静
一只鸟，也有难解的命题？

春天的花名册上
我们点到一种鸟的名字，谈论它们的音调
像谈论新房的一些小摆设

而乌鸦，背负史蒂文斯的十三种方式
它主意已定，纵身一跃
向水中，绽开三片黑花瓣

风吹我

风吹我之前，吹过什么？
山丘，树木，树上的小鸟

白发人吹弯了腰,状如飞蓬

风吹我之前,吹过许多朝代
皇帝和皇后也给吹跑了
风,依旧吹,吹着野草和臣民

风里有多少风,谁知道
那勃然大怒者跟谁勃然大怒
它拧断山的脖子,踢翻海的脸盆

摔打一头大象,像摔打一只蚂蚁
那时候,人瑟缩在房子里
心,是最薄的墙壁

这个春天,有风吹我,一遍遍
不知想要干什么
我顺从怎样,不顺从怎样?

风会爱我么?它亲吻我的额头
却不以面貌示人,如此
也好随便亲吻别人么?

风吹我之后,还吹什么?
山丘,树木,树上的小鸟。白发人状如飞蓬
风无死,可作弄万物

选自《白天鹅》2018 年第 3 期

春天的挽留（外一首）

◎李见心

只能用一首诗的时间挽留你
春天，大地的心慌写在脸上
美得过分是不是也是一种惩罚
让你长久地陷入词语的流放

谁在细细地区分花朵
它们的质地和人一样不同
有的唱着纯棉之歌，有的抽出丝绸之路
有的铺开厚厚的天鹅绒的思想

玉兰花让你学会仰视
是翅膀的形状，火焰的思想就总要向上冲
而看郁金香你只能低头
它掀起的风暴会压低你的灵魂

谁说，花朵永恒，天空完整
谁就接近神祇
谁说，死之前必须美貌，必须盛妆
谁就永远不死

只能用一首诗的距离捕捉你
你扑倒，擂响大地的心跳

提醒像钉子一样钉在大地上的人民
都有花开的权利

另外的生活

总有一些人过着另外的生活
他们用皮肤磨细山水
用骨头折断冰峰
只为了倾听高处的声音

总有一些人行进在荒漠的路上
被风沙封喉也不回头
被金子绊倒也不停留
只为了看见别人看不见的光

总有一些人隐居在自己的内心
向着灵魂的洞房出走
成为头戴荆冠的新郎
成为委身寂寞的新娘,狂欢到天尽头

你所爱的,是一个爱上了不可能的人
致命的虚无使他的背影发蓝
又蓝得清晰,深刻
像星子扎进星空的序列

选自《白天鹅》2018 年第 2 期

春天里（外一首）

◎ 胡世远

春天也会有人离开
磕磕碰碰的日子，就是这样

再往前走，草就绿了
这时
我们管相似的婚姻
叫亲情和命

就算没有开花的树
也照样可以站在春天
我们坐在草坪上

偶尔说起过世的亲人
好像他们也是春天的一部分

又一年

针掉在水泥地上
会发出清脆的声音

万一要是落入草丛呢

就只能收获寂静

又一年，我仿佛捏着
一根针
或许，这只是假象

事实上，这么拼命
压根就仅仅为了
成为一根针

好在明晃晃的遗忘里
穿过俗世的眼睛

选自《白天鹅》2018 年第 6 期

住在朴舍（外一首）

◎汪岚

兜兜转转到朴舍的时候
时间缓得异乎寻常
我不知道这是不是幻觉

朴舍的女人
翘起的嘴角很慢很慢地收拢
她花一天的时间

收捡十平方米的屋前小院

鱼在缸里游,云在鱼边飘
窗台上的花在我走神的罅隙
开了一朵又凋谢了一朵
似乎在回放躲不过的结局

离开时她依然在种花
我随身带走了一段时间
还有一粒种子

油菜花的呢语

我不是花
永远也站不上高枝
用优雅的绽放
吸引仰视的目光

我不是花
不期待身边徘徊的脚步
默默孕育果实
才是我真正的价值

开放是低微的
泥土始终是唯一的情人
那份沉甸甸的爱
刻画出铺天盖地的金色

这仅仅是你看到的

我真正的幸福
是夏天密密层层的种子
让我憧憬
下一个春天

选自《白天鹅》2019 年第 1 期

背叛者

◎田凌云

给你,只是你,不是给男人
我不太能分清男人和你的边界,不太能
分清心里的恐慌和,肉眼可见的恐慌
不太能分清,一个老婆婆因生活藏匿的邪恶
或因欲望,伪善的清晨
给你一杯茶,上面还残留着我不甘的芳香
上个月我们相谈甚欢,我把一只豹子
藏入你的体内,它在傍晚,把你的头颅杀死
提给我,上面的眼泪,是信任的反刍
所以整整半年,在梦里,我都以失身的方式
被你的灵魂追问
这多么像圆周率呀,多么像悬而未决的
背叛者,被命运,安置在了一起

选自《白天鹅》2019 年第 2 期

《星期六》诗选

《星期六》2002年创刊于江西吉安,不定期出版。主编胡刚毅,编委夏斌斌、贺小林、蔡玫、秦忠梁、曾绯龙、邓小川、刘东生等。办刊理念为"让诗歌温暖内心,净化灵魂,充实生活"。不定期举办诗歌沙龙,诵诗评诗,探讨创作,推动吉安诗歌与外地诗歌交流,推动吉安诗歌走出江西,走向全国。

家乡（外一首）

◎夏斌斌

两匹小驹马依偎　互相厮磨鬃毛
在草地　扬起蹄子撒欢
这是我的家乡　村庄静默
折射在黄牛忠厚的眼眸里
河水滔滔不绝带走往昔的人和事物
宛如时间的过滤器　留下沙滩裸露的
鹅卵石和茂密的柔荑草　风穿过枫杨林
抖落些俗事　白鹭田野间盘桓
空气有了波浪　闻到花香
村　陈年的树桩　仿佛醒目的伤疤
像在世的父亲习惯忍住痛。不作声。

游　泳

没有什么比拥有一座私人游泳池
更懒散的假日时光　除了凉荫
漫过屋后的台阶　没有什么比流失更
让你想到忧伤。像一条光滑的海豚
从水面跃起又钻入清亮的水底
激起哗啦的水响　不以裸露为羞耻

空气浮动热带植物的芬香　水果榕和
红鸡蛋花。你乐意继续呆在水中
用鳃呼吸　学水獭伸直脖子四处张望
因四肢短小肚皮磨蹭着上岸　思虑
显得多余。

溪流（外一首）

◎胡刚毅

溪流是从大山心窝逃出的
脱缰之马，跑啊奔啊马不停蹄
在一处高高的悬崖上，这群野马
没有收住脚步，片刻停顿也没有
十匹、百匹、千万匹……奔跑下去
奔跑成一条气吞山河的瀑布

一条白亮亮的缰绳，却勒住了
一队队蠢蠢欲动的大山马群

圆一回

这一刻，我正走向白鹭公园
赴约，赴春天之约。脚步
蜻蜓点水般轻盈

这一刻,来到你面前
烧红的双颊映彩霞
四目相对,不是日月的
遥遥相望无绝期
这一刻,正吐出那三个字
这一刻,一轮旭日正破雾而出……
这一刻,千万不要唤醒我,让
梦,圆一回!

归来,看荷

◎邓小川

山雾移动,流逝的远山带来
不可形容之物,中原
如呓语,昨日庙堂早已人满
珍珠般照向未来

幽寂的临安
也并不给我带来安宁
言语与身体,被囚于幻像
昼夜翻转,我的骨胳在谎言中

失去。帝国之梦
并不存在于群山中的田园
并不存在于这自然万物

南溪桥畔，倦归的农人满脸荒芜

众人的修辞，构建起盛世图景
小池内，荷花始终有序开放
这娇艳之色，宛如京城旧梦
——涟塘，我只是一个赏荷的异乡人

我已是祖国的陌生人
在暮色中，失控的手指逃离现世
——我看尽，这满池风物
——我写下，他人的生活

以上选自《星期六》2019 年第 1 期

我害怕的（外一首）

◎叶小青

接电话说母亲病了
我脑海里又出现那棵枯死的大松树
我一直认为它的枯死是一件不祥的事
我们听到太多
事后总被证明它们之间的相关性
那些看似不相关的事
但它们无一例外地联系在一起
它们使我害怕

比如有一年，我正在山上摘木梓
对面山上突然传来几声不知名的叫声
（老人说那是生魂）
第二天，村里一个老人就过世了
这样的事很多。2007 年，大松树枯了一半
第二年开春，父亲就不在了
我固执地认为它与我的家人联系在一起
它的根也是我们的根
在故乡，草木与我们都是根茎相连

写故乡的石头其实就是在写故乡的人

冷雨加深了石头的黑褐色
在乡下，一块石头，大部分埋在土里
一小半露出来
像种下去的人
一起玩的九生前几天也种到土里去了
那时我们经常在一块叫"马鞍石"的大石头上玩
我们把它当真的马来骑
我们不在乎它不走
我们坐在上面仿佛真正骑在马上
那种感觉就像现在回忆童年一样美妙
在冷雨里面对石头回忆一个人
写故乡的石头其实就是在写故乡的人
特别是故乡的男人
他们如石头沉默、坚韧、不显露

电线杆

◎ 李洁

把身体
扔进搅拌机
搅拌滚圆粗糙的模样
磨去所有的棱角
立在街道一旁

把灵魂
揉搓成泥团
拉扯为高高瘦瘦的杆子
拉扯孤独的模样
立在街道一旁

俯看身边的樟树
想起前世扎根的森林
平视近旁的路灯
它们在照亮人们前行
远眺高处的霓虹
扭动的电流
无时无刻不贯穿着头颅

在黑黝黝的夜里
我挑着一笼月光来找你

你的线丝
联系万家的喜怒乐愁
里面有着
翻涌的欲流

我怯生生地挪动脚步
走在钢筋水泥
每片铺砖
掀翻起地底的嘶鸣
在狂躁的城市里
你安静如初
一如立在前世扎根的森林

以上选自《星期六》2019年第2期

《壹首诗》诗选

《壹首诗》2011年9月创刊于贵州,原为不定期出版,2019年起,改为"诗报+年选",每月出报,每年编辑出版一本年选。主编蒋能,代表诗人蒋能、谢泗儿、兰香草、串珠等。

骗　子

◎韦兴生

确实半场我就离开，留下众多观众
确实路走了一半我就逃离，留下太多困惑
确实话说了一半我就沉默，留下诸多想象

那个倒在光年里的人，他不能控制自己
那个闻名的辩证家，他倒在自己的方法论
那个孩子，他从来没享受童年的糖

从善意的角度，我相信这个骗子也有春天
我相信他安坐在光明的谶语上
亲吻掌心命运的密码

时光水车

◎安琪

想个办法亲爱的
让运载时间的水车停走，或者索性把
时针和秒针拔掉

我实在受不了时间这日夜不停的行走
貌似原地踏步
却一步步推你、一步步推我
走向衰老
想个办法亲爱的,或者做个高明的窃贼
把运载时间的水车偷走
我有一把锋利的斧子可以借你劈开水车
我有一个漫长的冬夜可以帮你销毁罪证
是的请搬来
请搬来被劈开的水车的残骸,火盆已架好
被寒冷追赶的人已围坐一起让我们
让我们运来水车的残骸
帮他们点燃
顺便把时间焚烧。

以上选自《壹首诗》2019 年第 1 期

一件自动变旧的衣服

◎陈克华

一件不曾穿过
自动变旧的衣服
出现在衣橱里
如多年不见的自己

飘着旧日形廓的气味
兴奋又绝望
对现下的我
充满质疑：

"我"是什么材质？
如此不耐时光的催化——
甚至不必经过洗熨脱水
就直接送入旧衣回收箱

"应是廉价品必然的宿命罢……"
人类在试衣镜前
看看自己说。

宠物与它的上班族

◎李进文

养一张办公桌当宠物，
它对我狺狺暴怒，
丢一根肋骨让它乐观；
打开罐头食品喂它，帮它
梳毛、剔牙、上网，替它
跟不爱它的人开会，带它
去看心理医生——
它有瞧不起全世界的毛病。

驯服一张办公桌,像驯服
一只狐狸,让它属于你。
多年后,
它越来越软体,风格肥肥的;
它渐渐失去人生该有的初心
以及疯狂。
放它走,它也不想走了,
已经养成日复一日的好习惯。
今夜,
办公桌乖乖自动加班,
人模人样地打瞌睡……
我为它吹熄梦想,它伸爪
拥我入怀。

玉皇山路

◎黄亚洲

这是多么富于诗意的匹配:
玉皇山路靠近西湖的那一端,是柳浪闻莺
而另一端,则可盘旋上山,直达天庭

玉皇山路,由南向北走,是下凡
由北往南走,是升天

尽管携带着一大群古树与一大群草绿色的空气

这条路丝毫不显臃肿
清瘦得如一根人与仙之间的破折号

今夜我出门散步
见玉皇山上的玉皇阁，由于精心布置了夜灯
仿佛，真的飘浮在九天之上
如此想来，玉皇山路，就是拖曳于玉帝的一条彩带

彩带一定是丝绸织成的
中国丝绸博物馆之所以建在玉皇山路中段
当然与这条路的质地有关

这个礼拜我一直在玉皇山庄开会，任务是建言献策
我不知道这一大摊百姓的意见，最终
会被谁取走
如果能直达天庭，那就好了

但愿，天上的君王，终能
柳浪闻莺
如果他足够明智，如果
这条彩带，真的是畅通的宽带

等一杯咖啡

◎林凤燕

褪色的红桌布,我有红砖木瓦
一间咖啡馆载一场景致繁华似梦

把你以及你的城池搬离,我停止迁徙
我无法治愈你的偏头痛、失语症
和深深的孤独感
你不在时我是一盏孤灯,伴随一杯
卡布奇诺渐凉

我已长发及腰,你有寂寞耳朵
在21时备好歌声和长岛冰茶,等你
搁浅

你走,我送,即客
你来,留下,是宾

以上选自《壹首诗》2019年第2期

《水仙花》诗选

《水仙花》微信公众号 2014 年创建于福建漳州，2017 年开始不定期出版纸刊。创办人吴常青、高羽、刘歌、沈国等，编辑吴常青、高羽、刘歌、沈国、曾永龙、慕雷、方旭、马刚、谢忠谋等。多次举办读书会、诗歌分享会等活动。

风动石

◎黑枣

一座山背着许多石头,在海边
一块石头背着一块石头,哦!不
我更愿意把它们说成是:头顶着头
这对耍戏法的哥俩,较着劲似的
我替他们捏一把汗……
过往的游人把这里叫作"风动石"
风不来,石不动。风来,石也不动
或者它动了,我刚好转头看海
看你。看你鼻尖上顶着一颗硕大的汗珠
阳光推着许多船和海浪在跑
阳光从山脚下涌上来,像一场金色的风暴
我不禁再次担心起这块石头来
它真的真的快要掉入大海里了
可是它只用一个假动作就把大海骗晕过去……

白日梦

◎刘黄强

庄周梦见蝴蝶是在白日,

蝴蝶梦见庄周也在白日
然后他们相会——
祝英台和梁山伯的相会也在白日
两只蝴蝶飞呀,多么快乐的事正在发生
我梦见旧情人时也是在白日:一朵花
开出诡异的颜色,秘而不宣的暗香涌了出来
多美的花园,阳光正复活每一个臆想。
——好在白日可以做梦啊,
你、我还有光辉岁月

从 容

◎沈国

向时间学习,一直都这么从容
哪怕意外正在发生。生命永远与从容
不在同一边。或生命在左岸,从容在右岸
隔着水的超度。细看,那水娓娓而道
有佛经的顿悟,圣经的祈祷,道德经的轻盈
向生命学习,与从容为敌
即使死亡是多么从容的事

我一度追上从容,它的背影那么狭小
即使我全都放下了
也无法穿过去。只能远远地透过它
看见即将扑面而来的黑暗

那黑暗，竟安静得像妈妈的襁褓

清心帖

◎吴常青

我再次感觉身体内的草狂乱生长
没有绿意，没有风安抚

真想把自己放逐
像一只轻盈的梅花鹿
越过黑黢黢的林木
隐入大块大块暮色苍茫中

一个有洁癖的人
无法随心所欲洗濯自己
你不难想象我垂头丧气的模样

只看见北溪、西溪两条大河交汇
只听见瑞竹岩的月亮浮现水面

十二月十八日于庭前虚度半日

◎曾永龙

对一切的造访是归来

又散去。流水里的影子波澜不惊
兀自,演练着疲劳
一些事物充当了配角,还未开始
便预告了终结。犹如幻视与
童真。跫音消散在巷道的回环
中年将至,烟酒尽戒
能舍下的已然不多,余下的
均不知晓。面孔反刍着食之无味的日色
沉默尚未开口,言语已碎成
更多的镜子

寂静降临

◎陈三河

越到后来
越发觉只剩下自己
还要安慰自己说
被人类命名的太阳和月亮
也只有孤单的一个
是的
每一个人都是
独自发光独自黯淡的星球
独立之余又关联千丝万缕

很纠结的事情还是发生了

那么多的山头还没有涉足
那么多的事情还没有完成
我已听到关节渐渐枯萎的声音
而世界
依然没有长成我想要的模样

只是每一次登高
我都获得一次重生
当目光触及唯美的天际
当胸怀住进越来越多不说话的山峰
我在内心
原谅自己可耻的孤独
以及人世诸多的不是

我和太阳
各自隐身
所有的山谷
寂静降临

羊群的暗示

◎岱山渔夫

先是你的存在,还是你的存在
一片绿草地,用不完的心机美味
就给你一点安慰剂,你便无声无息

你像婴儿得到奶粉吸嘴,天真地拥有一切
幻
想

于是,你被语言暗示着
走路,回头却难
前行草地上,野花盛开,引来蝴蝶与你相伴
别以为,这是油画般的景象,其实狂风正在太平洋
你的自我,便是鲶鱼的逃窜,四处游荡,搞乱沙丁鱼港

每个群体都有第一印象,因而每每眼障
以为得到新生物质,一哄而上,拥挤争抢
你全然不顾,还有虚伪的人性对你虎视眈眈
你全然不知,前面的前面还有一片片肥沃草场
而你正被暗示走向
死
亡

以上均选自《水仙花》2018 年第 5、6 期合刊

《诗歌世界》诗选

《诗歌世界》2016年创办于湖南,湖南省诗歌学会会刊。社长罗鹿鸣,主编匡国泰,编辑马迟迟、何青峻,顾问谭仲池、梁尔源、李少君。立足湖南,面向世界,旨在"把你最好的诗给我们,我们给你最好的呈现"。

我与一座城一起醒来（外一首）

◎罗鹿鸣

我出发的时候，天地还一片混沌
切开黑夜的，是我们的车灯
在禁坟的牌子后面，躺着一片
水泥隆起的墓茔，极像祖宗
鼓出的眼睛：陌生、亲切、温存

天岳寺在晨钟里起身，敲着木鱼的
老尼姑，也将第一炷香插入香炉
吐出来的烟雾，正好氤氲了
半个平江县城，像一条白纱巾
被写意在汨罗江两岸的灯火里

红光满面的天空下，海市蜃楼
设计成路灯的蜿蜒与山脉的起伏
湖的镜子里，一座城开始打扮梳妆
桂花雨和芙蓉露，涂抹在街道旁
妖娆、妩媚，让一个时辰心花怒放

无法鞭策幕阜山的群峰驮来日出
但我可以搂着烟火与稻菽入梦
将早晨拌在阳光大酒店的一碗米粉里

连同霞光、晨岚一起囫囵下去
肚子里刮起了一阵暖洋洋的秋风

汨罗江,一条丰衣足食的河

晚稻熟了,等待的已不是镰刀
从机耕道上走来的也不是扮禾桶
收割机突突突的就要冒出地平线
虚空的谷仓,将充实袅袅炊烟

橘子黄了,在晨曦里涂脂抹粉
一篮篮、一筐筐、一车车地集结
攒够了山坡野地里的精气神
在城里人的脸上,为乡村招魂

葡萄甜了,脸皮变得越来越薄
内心却越来越水灵、饱满、充盈
让那些皮厚心虚的瓜瓜果果
在招摇过市时,偶尔心生羞愧

草木不再愤懑、山水不再悲情
大如车轮的落日芬芳每一座屋顶
罗子国遗址依然浅伏在芳草地里
汨罗江已是大音稀声,大象无形

河中人

◎ 马迟迟

那天上午,我的旅程得到了搁浅
穿过盛夏和山谷的高热
蝉鸣在那里静止了,那里,水面微弱的闪光
细浪和鱼的鳞片,鸟的声音
松叶的幻觉,一只轻盈的舟
泊在古典的铜镜里,那两个女孩好像是
突然在那里出现,站在炽烈的光焰中
——两只起舞的鹤,降临后又飞跃
在雪白的石头琴键上,她们的裙裾和脚
汲过水面,像一幅画
我好像在此刻返回了童年
在这个奇迹和赞颂的午梦中
生活的苦痛和孤独让我蓦然领受

澧水河畔

◎ 康俊

有的词生来就美,比如,河灯
比如漫水,比如孤舟

当你将它们说出时，我恰好看见

一艘轮船由此经过，里面载满游客
两岸高山与城楼皆溶于夜
夜溶于水
我如果是他们，只静静地欣赏黑夜
欣赏一座去了风景的大庸城
水中的月亮，不会贸然升起
就像他们如果是我，想在岸上
看冷河如何渡走一只船影
看一只船如何普度众生

这多么美好，如果多余的事物
永远不被照亮
如果河灯永远不会熄灭
我们就这样一直坐着，什么词也不说出口
只是看着水波一圈一圈地
替我们咀嚼一些过旧的曲子

蝴蝶结

◎黄峥荣

一片金黄的油菜花遮住了
父亲的脸
梦里女孩无数次穿行油菜地

黄黄的花一朵又一朵
一层又一层
她只能看到一幅模糊的油画
父亲爱怜的笑弥漫
每一座山坡
抚摸她的脸，泪水划开波浪
惊天动地，雀鸟遗落船桨
呜咽　载不动
离愁

每一个清明　细细的　豆大的雨
只在她离开那一片青山
那一片温暖的相思地之后飘过
就像父亲撑起花格雨伞
遮挡飞向她红色蝴蝶结的暴雨
蝴蝶飞走了，蝴蝶结遗落在日记本
扉页

不能言说的秘密

◎唐益红

我一次又一次躬首
向着群山簇拥的这一大片梦里江河
从远处到近处　除了风声呼啸之外
又一次触摸到了空气中硬朗的那一部分

请原谅，纵然流水柔软肉身冗杂
缓缓卸下的檀香依旧有万箭穿心的记忆
不能言说的秘密，每次都让人触目惊心

远处刀劈如皴。吸纳了我们身体内的泥土、风尘
你在这熟悉的风里，喃喃自语
我们都有着谁也抵达不了的妄测
每一棵草木都比我们幸运
可以于无数有星星的夜晚
慢慢生长出内心的硬壳
可以在口不择言的时候突然沉默

隐宿（外一首）

◎何青峻

我又要去山林采摘野果子了
头一次，我推开那扇横钉着木板的门
有着橘色的涂漆，晒干后的颜料
连同铝桶一块儿被扔在后院的土埂上
已许久没人从这扇门出去，到远山去
关门时的转轴发出缺油的干裂之声
我沿着那条路走，穿过低矮的灌木叶和树枝
我回头看静置了一夜的围着栅栏的木房
齐平红色房檐的浓雾像试管中分层后的絮状物
等我的松鼠女友醒来，我已走远了

暂不归返。直到湿润的山原季风折回
往复。在其星球渐变的色阶中

铃　声

一个早晨，他看见信号中的白鹭
基站在远处发射的信号，微弱地抵达河滩
树干、船、水流，他的女人在那里散步
没有目的。枯水期的河滩，裸露的岩石在升温
一枚闹钟指向错误的时辰。不久，女人停下
她感到累了。仅仅是累，当她看着那枚闹钟
因失修而出现故障。在岩石上，它根据
水位线升降尺幅而拨动，指着它的刻度。
他就在那里为她拍摄写真。假使，她取自冰箱
像速冻食品一样在化着汗，因此
以至于他会对她说：可以了。或者为她撑伞。
然而，女人消失了，阳光一半清晰
半照在远处模糊的冲积扇平原矮砖房顶。
那个闹钟突然指在万物复苏的刻度上，
响起为谁预定的铃声。

以上均选自《诗歌世界》2018 年第 2 期

《汴河文学》诗选

  《汴河文学》2018年5月创刊于江苏泗洪，季刊。创办者张克社、孙洪然，主要参与者潼河水、马云驰、陈光美、刑光武。经常组织采风活动和征文活动，为团结本地文学爱好者，给他们一个交流和发表的平台而努力。

通济渠

◎张克社

河水枯竭,在它干裂的河床
听一棵柳树讲古

一枚贝壳化石
氤氲缕缕脂粉气息
虚无成云霓
游动成一条时间的鱼

我们在泗洪,在通济渠残存的水边
看那片旧时的月光
它爬上岸边
在霓虹灯不停闪烁中若有若无

野外独居的老人(外一首)

◎潼河水

最亲的是庄稼和野草
这里人迹罕至

他时常看着水盆里的自己
不停地扭曲变形挣扎
因为腿部残疾
他很难把人间端平
一碗米粥也会荡来荡去
土灶里烧着枯枝败叶
煮着春夏秋冬
有时烧到几缕白发
他闻着自己的体味近乎痴迷
他和秋风一起收集落叶
高高的草垛陪他一起走过冬天
他把漫漫长夜分成两半
一半用来回忆不幸
一半用来燃烧自己
一根火柴帮他走完了孤独的一生
火苗噼里啪啦,孤独也会呐喊啊
一阵风吹过,吹光了灰烬
一场大雪铺天盖地袭来
大雪过后,世界如此安静　美好

坠　落

外墙已经美丽了一半
不小心从美丽的边上摔了下来
一个家摔碎了
整个江苏省都感觉痛

来不及喊痛
来不及看看刚刚洗过脸的墙壁
像一枚树叶落下了

工友　医院　殡仪馆
城市多么冷啊
他们把你捡起来交给你的亲人
亲人们捧着你回家
包着红布，好像十分荣耀

此刻，故乡已进入深秋
庄稼都该归家了

破损的花盆

◎杨华

一只精致的花盆，给过我
青春和期冀的花盆，比花朵
还要脆弱的花盆
滚动的碎瓷，如同我
失手打碎的一个春天
爱上它的时候，它还只是
一抹淡淡的新绿，到了三月
表姐婚嫁，鲜嫩的喇叭花
刚好开出了粉嘟嘟的嘴唇

仿佛那个吹吹打打的歌手
正对着纯情的表姐
吹奏着古老的民谣
三月柳枝飘摇,春天的尽头
住着我一去不回头的表姐
新婚的表姐,喜之过胜的表姐
在春天的尽头,生根发芽
最好的,还是那只破损的花盆
距离我一步之遥的花盆
生出了一颗要命的巴根草
湿漉漉的叶子,贴着心疯长
思念的叶子,总是举着
泪水一样晶莹的露珠
夜夜醒来,都朝着远方张望

坐在田埂上

◎阿光

麻雀土里土气的叫声在季节的肩头跳跃
悠闲的神态饱含岁月的宁静与辽阔
夕阳忽明忽暗的光影
在大地的脸颊上涂抹一层古铜色
迷醉的粮仓蕴藏丰收的喧闹与满足
我紧挨着一株稻穗坐在田埂上
以一种虔诚的姿态,融入大地的襟怀

让广阔的胸膛再一次填满乡音
饱满的稻穗注视着大地
如同一个奔赴远方的游子向母亲告别
坐在田埂上,更多的稻穗聚拢过来
生命的脉络开始纷纷扬扬
季节的色彩,变换成一种生命的壮阔
稻穗低下一寸,大地就抬高一尺

以上选自《汴河文学》2019年第2期

水边的女子（外一首）

◎ 晓池

那个女子站在水边已经很久了
除了我没有第二个人看到
我不知道她究竟想做什么

从侧面看过去
我以为是一只觅食的水鸟

脚下的水不停向前流
带走一些秘密

暮色从天边一点点漫过来
橘红的光落在她肩头

给我带来一些安慰

一阵风掀起她的衣角
我猜想一定穿过她的身体
她打了一个趔趄

我突然有点担心
那个站在水边的女子
一不小心就会被风吹走

嗑　药

他听说，嗑药的人都是骗子
他也嗑药。不停地嗑，大把大把地嗑
嗑下去的药在身体里
横冲直撞。

年幼的儿子面前，他挺了挺腰板
仿佛什么都没发生

选自《汴河文学》2019 年第 1 期

《河畔》诗选

《河畔》2004年10月创刊于安徽六安,主要成员陈巨飞、王太贵、孙苜蓿、枫非子、何伟、孙效增、单永帅等。十五年来,经历了黄金、白银、青铜、刺青四个时代,始终坚持纯粹的诗歌理想和情怀,立足本地,面向全国,成为大学生诗歌高地。

冬风定（外一首）

◎陈巨飞

再一次来到河边，看碎在人世的落日。
看颤巍巍的流水，
看麻雀在枝头演绎出，青山依旧的淡定。
看河床空荡荡的内心。
看冬风，默默地打扫着
通向淤泥的路径。
可我能看见什么呢？
我们又能看见什么呢？
一个妇人击碎河边的薄冰，她的篮子
暂居着不谙世事的青菜。
她的老骨头，还有着不可屈服的争斗。
她浑浊的眼睛，
还傲视着不可一世的冬风。

空 城

飘满梧桐叶的小街道，除了落叶，
都是空的。酒馆外稀疏的行人，
手放在口袋里，
他的口袋是空的。

他曾捕捉一只鸟，白头翁，
一生的白头也是空的。
他的香烟，香烟里的回忆是空的。
他住在哪里，哪里就是空城。
一城的风雨，是空的。

忽然而至的小船

◎孙苜蓿

想起从前，最爱幻想的事情就是
远方。
坐火车去远方。坐汽车去远方。
坐酒瓶去远方。坐什么去远方。
远方。方远。
而如今，最让我沉迷的事情只是
整理东西与唱歌
虽然我一遍遍地整理东西
让你觉得我即将离开
而我在顶楼唱歌时
习惯打开双臂
让你以为我要飞
我这样的癖好让你误以为
我执着于飞和死
其实不是
其实我只是沉迷于

打算飞和等死
我有没有告诉过你
这是步入中年的值得庆贺的
一个标志。它们
好过于其他标志。

新春帖（外一首）

◎王太贵

收垃圾的人，一大早打电话告诉我
他用废弃的昨日，建成一个秩序井然的王国
言下之意，我出卖的文字和地图
或许成为另一个国度的神祇或者教谕
身名俱灭啊，不废江河万古流
我日渐吞噬着故土、祖国和亲人
却成就了另一个故土、祖国和亲人
他有蹩脚的秤杆、轰鸣的三轮摩托和一柄
用来撑起命运的白色钢管，物质的独裁者
带着青光眼的妻子和沉默不语的女儿
在一堆旧报纸和纸箱囤积的城堡里
躬身劳作，脸上的幸福，疏散了深冬的雾霾
我的空键盘和黑色水笔，还在桌子上睡着
从此处搬往别处，除了命运和时间
还留在原处，翠柏站在窗口
红色衣服的女孩，她的目光久久停在树冠上

雪尚未落下，新的一天，即将来临

大轿人

生前享受不到的福分，死后如愿以偿
在故乡，安葬亡人，抬棺时需要八个人
俗称大轿人，一副棺椁，被长短不一
的木杠，粗细不均的麻绳，捆绑起来
是一门很讲究的学问，最长的木杠
与短木杠之间，用一节节麻绳连接起来
大轿人不仅力气大，而且深谙力学的均衡分配
按照个头高矮，在棺椁的前后安插好合适人员
鞭炮和哭泣，像是伴奏，八个人同时起身
踉踉跄跄，翻山越岭，轻重缓急自有把握
不中途停歇，不走乡邻人家堂前路
也不允许亡者的子嗣摸棺，领路的往往是长子
手捧小缸盆，披麻戴孝，泪流满面
这种规格和待遇，让我感到很揪心
因为，在老家的村子，几乎已经找不到
八个会抬棺材的长者了，手艺失传
更多的人，只能是潦草而生，潦草而去

没有火,我们用什么抽烟

◎何伟

找到烟后他在屋里接着找火,这种即刻
建立的逻辑,像一个连贯动作需要完成。
他找了抽屉,书架,桌面,储物盒以及房间
各个角落。
发现久置的彩笔,剪刀,稿纸,卷尺,测温计
茶叶罐,以及植物身上的枯叶。像手中的烟
又建立新的秩序,需要各自的火焰来完成呼吸。
躺在床上的两个人,远隔天边的两个人
需要怎样的火焰来建立身份与情感
让逻辑成立,动作连贯。

名 字

◎抹园

有一些花没有名字
没有耳朵和眼睛,嘴巴
也没有
局限用开花的方式表达

潜匿于内心的事件
以及同不远处伙伴交流的
渴望,一切都
止于摇曳,止于开放

有一些花不是没有名字
而是
不被人记起,又或
它们根本不需要名字,一切
止于安息,止于睡眠

一条流淌的夜色

◎张文娟

我已经变得贫瘠,
没什么果子可献给爱我的妈妈,
也不大擅长开花。
幼时剪的纸蝴蝶,
飞走了,
找我爱过的少年去了。
一条干枯的夜色,
抚慰不了我,
这使大多数人失眠,
他们找不到原因,
此时他们是瞎着的。

床

◎郭洁洁

这是睡觉的地方
是最初来到的地方
也会是最后走的地方
现在,我也开始变得虔诚起来
认真地去折每一个角,让那些浮起的,翻着的
被单
找到最合理的归宿

以上均选自《河畔》总第 14 期

《客家诗人》诗选

《客家诗人》2016年1月创刊于客家祖地福建宁化,年刊。创办者鬼叔中、离开、惭江等,主编离开。办刊宗旨:经典、新锐、多元、包容;心系客家,胸怀天下。

秋天的桉树林（外一首）

◎谢夷珊

我曾骑着自行车，经过它们
——秋天的桉树林
像一排排身穿白衣裳的人
制造出高大挺拔的秋天
风一吹，那些毛发飒飒飘舞
这个秋天，人们是否将桉树砍掉
前面来了几个木讷的人
是伐木者，其中两三个的头发
犹如桉树的枝干一样白
又蕴含着万般无奈的悲怆
内心多么的不可测度
傍晚我在返回社峒村的路上
看见的木讷人，有我父亲或叔叔

一群鸽子在界河两岸飞

肚兜下的羽毛，与两岸旌旗同艳
清晨它们飞越对面教堂尖顶
暮晚返回这边广场闲庭信步
总是飞来飞去，不用分辨国界

"天下之大，何无吾之国土？"
偶尔朝游人点头，划过一道亮光
向天空自由遨游，最纯静的蓝
都在它肚兜下。所有的权利
并非谎言。捎给远方的信使
内心空空如也，两岸回声浩荡

乡村草木观察员日记（外一首）

◎张勇敢

那些你未曾对他人说起的热烈情绪
独享你的偏爱，过了立夏
也随草木的生长，趋向某种盛大
出门看夏，选择哪一个下午并不重要
清风正当年，随便邀上哪一阵风都是好风

从家里往后山走，你会依次遇见
枯木蘑菇、南瓜苗、益母草（它们还来不及
招蜂引蝶），你会看见前几年砍倒的
李子树又抽出新芽，一只未孕的母鸭
在这里当起保姆
你将在一片竹林中成年
你将在另一片竹林中回忆童年
但返程途中，你必须把它们一一脱下

傍晚，阵雨先于暮色袭来，雨后的田野
满片蛙声拉远了城市与乡村的距离
便满怀期待，备好心情，与一株水草在梦中相遇
晚安吧，在夏天悲伤的人，他们在悲伤什么？

失　眠

伊丽莎白·毕肖普曾向世人
坦白我们的关系：
你踏着我追寻你的路径追寻着我

鲸，在云上小憩，成群结队的蓝
正奔赴你眼中的晚宴
——席间某处应属于我

未遇见我之前
你最好怀有适度的耐心
双眸干净敏锐，能辨善恶真伪

你最好不要失眠
免得我们在夜里无话不谈
那漫长的等待中的清醒
希望你永远无需体会

大畲古村的油菜花（外一首）

◎惭江

这些私奔的黄金，又在这里聚合
我们走在天堂的倒影里，每走一步
都是一种反漂浮

你有绝世的沉默，也有更多的欲盖弥彰
你的细小的战栗的火焰
从四围逼近村庄
村庄交出它黑旧的板房

你慢慢抽走了我身体内的血液
我呈上我自己——
对面那个干燥的滚烫的稻草人

我偷偷爬到夜色外

我偷偷爬到夜色外，悬在一声惊惧边缘
用细小的嘴和牙齿去啃食它，像一只蟑螂
扑在面包上。你看不出来
但夜色的平面上已经出现小小的凹陷
窗外，刚长出蔓来的紫藤，也趁机趴在

墙壁上偷吃呓语
它咂吧嘴巴的声音掉落到地上
夜色微微被翻转过来一点点
我偷看到第二天还没长好的白
像刚出生的小白鼠,有一个模糊的
眼睑:"你们都是被黑夜吐出来的
有着原罪的尾翼"
我安于它里面的漫步,无人所识

双营中路（外一首）

◎柯桥

在昌平区南邵镇双营中路
左边是路劲世界城
右边是一片荒芜的高粱地
在双营中路右边
一辆黄色共享单车紧挨着几株高粱
仿佛隔世的兄弟
这些高粱在一路之隔的世界城面前
那么矮小那么邋遢
好在有一大片慢慢缩小的荒芜之地
和一丛丛杂草相伴左右
我一次次拍下它们
试图找到它们之间的和谐
两个外省来的孩子

从左边的世界城穿过双营中路
穿过几株遗弃的高粱
向着低矮的远山远眺
仿佛寻找他们人间的亲人

寻字记

在摩崖石刻面前
我首先找到"通天岩"
它告诉我在哪里
然后是"五月"。四月已逝
五月亦即逝
然后是"小"。游人如织混迹尘土中
小小恒星隐形在尘土背后
然后是"谦逊"。苍天弓形万山仄伏
江河隐于群峰之中
在"惠州"前,想到那些写诗的同仁
在那里营生并执着于诗
而心怀敬意
"叔",不忍读不忍想
叔还在市老年医院
已不识我。就如这个字
尽管我泪流满面
他却无动于衷

以上均选自《客家诗人》2018 年选

《滴撒》诗选

《滴撒》2010年创刊于安徽宣城，年刊。主编方文竹，代表诗人方文竹、韩庆成、乐冰、王正洪、李庭武、左云、夏子、李晖、潘志远、李庭坚等。宗旨为恢复宣城诗歌传统，加入中国诗歌的风雨进程，通过语言滴撒的美学形态，找到汉语诗歌生成的纯构成境域，直指汉语诗歌的内里。

多么宽容的一只小甲虫（外一首）

◎潘志远

一只小甲虫，方向感不好，又未能及时刹停
砰的一声，撞上我

它落在地上，未及踌躇，未及呻吟
未及我反应过来
看清它的长相
便飞走了
带着它的惊恐，小小的疼痛

没讹我，没向我索赔
没听我一句道歉就飞走了
多么宽容和善解人意的小甲虫

它扔下我
而去。没留下半句怨言
那一刻，我觉得很有点对不起这世界

闪　电

夜在熬一服中药

弥散着各种各样浓烈的香气
一些人酣睡
一些人醒着或鬼或兽,或神或仙
这样的夜,多么适合爱,适合写诗,适合做思想者
可我像一根实心的芦苇
不止一次看见,闪电在穿针引线
在担水劈柴
稍纵即逝的药引
诱迫目光吞服,但治愈不了病入膏肓的灵魂

选自《滴撒》总第 8 期

小姑娘（外一首）

◎李丽红

小姑娘　小
闪闪的　铿亮　像是沙石中的金子
叫人　止不住地
痴心妄想

她把自己　想成了李世民的妃子

她把被单从脸上盖下去
在黑暗里　想唐朝　想李世民

她把自己　想成了李世民的妃子
过足了瘾

青草和野花（外一首）

◎李庭武

别错失了这样一幕幕场景——

河滩之上，原野之上，山坡之上
一簇簇青草和野花
从大地深处迢迢赶来

可以凌乱但不潦草，可以纤弱但不萎靡
只为赴去秋
生死之约

早起的人会发现，每一株青草和野花的脸上
泪眼婆娑

总有一只鸟是孤单的

据说鸟类中，忠实于爱情的多于滥情
白头翁一样相依到老，鸳鸯一样静泊水上
都是触手可及的幸福

而其中一只走散,或离开
总有一只鸟是孤单的

雾锁清江画面,一再呈现
这样的晨昏,多少给人寒意
最不忍看到一只耸着肩膀的鸟
像一个蹲在江边双手抱肩的人

拐角（外一首）

◎叶枫林

我一直想告诉你的
深雪的皮鼓躲往辽阔的夜色
露出金亮的梦

春风按住银色的钢丝
暗红的拐角
铃铛消失　和我一起
将闲置的空气融进积而不化的旧事里

河水一天天长大
它浑浊的时候,滴出雨水的心思
不像我
明明知道夜黑漆漆
明明知道梦像流星

却抓住色彩中央曾经含苞的晴朗

那个拐角
鱼尾纹深埋的铃铛
是和灌木丛中的小溪水
一同出现的
它于暗处回响
代表我
明白了一切又糊涂了一生

渐渐被遗忘的月光

濯洗语词的斑驳
移去高过栅栏的缠绕
接入数字控制的徜徉
依在檐角上的一轮复习变黄变红

熟悉又陌生
停留变得淡忘
春天湿透了花儿弹破的腰鼓
牙齿安装上消音器
嚼碎涤荡过后的甜蜜
一些不被渲染的色彩枝影横斜
在雨晒雪打的纸上
不做任何抵挡

烟花潋滟，在岁末总结陈词（外一首）

◎杨立

烟花不是寻常物——是最美的闺中少女
深藏于阁。她只愿意
在最灿烂的，或最重要的人生节点
忘情绽放。一生总有恰当和必须的时刻
向最期盼的对象漫天喷绘，倾泻所有
极力渲染心有所属的斑斓之境。
世事演变的路径难以把握
命运抉择的方向，往往身不由己
那些分散的纠缠的矛盾的
记忆片段，需要反复梳理、重新整合
才能准确找到，失败或者成功
美满或者缺失的根由。就如我们的日常生活
从年初到岁末，慢慢积累和膨胀
才最终逼出烟花般潋滟的
总结陈词

仿佛握着一束刚刚才盛开的花

不到而立，她就拼命紧衣缩食，像防瘟疫般
躲开形形色色的诱惑。扔掉年少时
扫尽天下美味的豪言，它们都比不上

一个在深夜都会发光的梦,更让人垂涎三尺

她努力让自己,在越来越重的时光面前
越来越轻。偶尔路过一些服装店时
就趁两旁无人,偷偷握一握石膏模特的腰肢
再往自己身上比划比划,然后迅速离开

直到某天,她终于能够直面那些石膏模特
正大光明地握住自己的腰
左顾右盼,十分自得地笑了笑
仿佛是握着一束刚刚才盛开的花

以上选自《滴撒》总第 6 期

《远方诗刊》诗选

《远方诗刊》2017年11月创刊于四川广安,季刊。创办者赵泽波,主编逍然,支持者叶延滨、洪烛、祁人、李元胜、梁平、龚学敏、曹纪祖、牛放、赵晓梦。办刊理念为"接地气,有温度,正能量",经常举办诗人采风、诗歌进校园、诗歌朗诵等活动。

城市蚂蚁

◎赵泽波

到处泥沙稀缺
终于找到一个
比身子还小的夹缝
把命运挤进去
只要能安放触角
就是家园

熙熙攘攘,匆匆忙忙
触角之上
一群更大的同类
穿梭在水泥丛林
看不清彼此的表情
时间串成的故事
比脚步还零碎
讲述生命的辗转与轮回

无孔不入且低于尘埃
城市蚂蚁以渺小为注脚
一生都在诠释
庞大无比的生存

刀笔手（外一首）

◎赵晓梦

你的生活注定在时间的对面
被石头磨去锯齿的对面
在一轮旧时的月色照耀下
纯银制造的一庭晴雪坦荡无垠

浅醉今生。对一张琴一壶酒一溪云
留给后来人一个宽松的背影
见素抱朴的神龟吐出身体和头颅
试着推开钝刀雕刻的庞大梦境

绝学无忧的几点梅花行到水穷处
聊大天喝小酒，兴之所至
推刀而去耕云种月快意人生
狂心歇处——往来成古今

得意而守形，法贵而天真
别无诗意的石头有了剑胆琴心
在你痛下杀手的地方
秦汉篆隶相互揖让，来不及叫好
气息生动的书生已跃然石上

家居万里桥西一草堂，闲举寿山

封门青，收集断简残章的蛛丝马迹
偶然砚田心事，面对一池莲花
像个独持偏见的月下漫步者
吹香破梦——借助一张宣纸相互凝望

吹奏人

和清晨在一起。和河流在一起
赶在上班之前，来一段琶音练习
尽管这排箫的音域过于狭窄
你也努力让声音听上去好听一点

好听一点。一个简单的哆来咪
你从三月吹到四月，从河的左岸
吹到右岸，告诉那些低头赶路的人
你不是一个卖唱的人

这被牧神潘吹奏过的凤尾
在清晨嘈杂的河边
在春风铺排的堤岸上
晨曦看到你的执着出于真心

看到你优雅放纵的身体
尽管这竹孔的音域过于狭窄
一个简单的哆来咪，从三月吹到四月
只为阳光奏响大地的音阶

盛 放

◎翁筱

只不过是一个器皿
盛着时光的轻
盛着追忆的重
以日月星辰为证

涉水而去的人
走了一拨又一拨
那些激流与险滩
那些心痛得闪烁的渔火
将昨夜的梦,紧裹

我临水凝望
反复试探,那一场
无休止的海风

以上选自《远方诗刊》2019 年第 1 期

草帽（外一首）

◎王爱民

草帽是一小块云朵
随父亲母亲下地上山
为他们遮住太阳
带来心底凉爽

农闲时
草帽挂在乡下屋檐下
是升起的月亮

草帽
用草编成
常常散发青草的味道
常常为我们的生活
返青

草帽是乡村人的
另一个家
我多想是一顶
还乡的草帽啊

夜晚的眼泪里有三尺深的寒凉

灯影里,电话沉默
父亲念号,母亲拨号
一滴寒露,要暖热另一滴寒露

父亲把大门锁了
母亲又锁了一遍

松叶磨成了针
炊烟走成一阵咳嗽的风

露白后,夜晚的眼泪里
有大月亮
有三尺深的寒凉
小巷漫长,空出
满天星

寂静(外一首)

◎王大块

一瘸一拐的老妇人走在前面
我的天地,一左一右站不稳

我深入地想一想她
天地就晃得厉害，甚至发出了轰鸣

手推车

并排前行的两辆手推车
坐着两个干净的人
分不清是男是女
九个月的人
目不转睛盯着身旁八个月的人
眼神清澈如水
八个月的人伸手触摸九个月的人
手推车同时颠簸一下
他们的身子震了一震
各自望向自己的远方

以上选自《远方诗刊》2018 年第 4 期

《新玄幻》诗选

《新玄幻》2017年9月创刊于湖南长沙,季刊。创办者李红尘,支持者唐芳磊、肖建国。玄幻诗歌并不是简单粗暴的故弄玄虚,它的厚重在于我们从"废墟"中提炼出生活的美。主张"打破传统,逆行思维",提倡厚重、弹性、舒张、延伸,认为诗歌要有天马行空的奇思妙想,同时也要有茅塞顿开的警世喻言。

人间之毒（外一首）

◎李红尘

风从古乐里渗入，音乐涂抹了一层毒
他站在雪山之巅挥袖吟唱，他忘记作俑者的火
可能是长城上的狼烟
可能是一道炼狱人间的闪电
可能会燃尽，只剩下惨不忍睹的白骨

人间啊，我踏着那些有点支离破碎的土地
我俯瞰着这位曾经孕育出生命的母体
我看见她遍体鳞伤，她让自己的子孙肆无忌惮地蹂躏
人间啊，你比一朵妖娆的雪莲还能忍住怒放
你却忍不住历史，忍不住一首赞美词

经过痉挛之后的舞蹈，是美艳至极的
经过压迫之后的生命，是葱茏的
我想我每一步已消失的脚印，是留给深爱着的人
我想我剑指江山，天下必然是我们的

从天荒到地老，还有许多爱情
也是属于诗人的，我看见中了毒的母性
仍在孕育，仍在宽容，仍在原谅我们的每一次掠夺

我想从镰刀上找回稗子的清香

镰刀更适合并列放在田埂上
这时候草色葱郁,并列的镰刀就像疲倦的大雁
让蔚蓝涂上斑点

或许,我会懒散于一块棉花地里
目光成弦,握指成拳
朝着枯萎的时序锤敲
站在田垄一隅的父母
瘦弱的身体在键盘上跳跃,这是无法停止的音符
尚在抚弄一棵脱落于民间的稗子

从秧圃到收割,一直有人在猜测着未来
我们从未停止对一把刀的锋利进行阻挠,就如
父母对一株稗子进行祭祀
稗子的颗粒是坚硬的,最终会酝酿成酒
一杯而已,会让村庄沸腾
一杯而已,会让青春酡红
一杯而已,会让诗歌充满血性
一杯而已,会让殚竭产生声音

而此处,最适宜少年割禾
中年割稗
晚年割回岁末

老 屋

◎肖建国

老屋的外墙已经斑驳了
那些青瓦,也支离破碎
大概收拢不了多少月光、星光
燕子好像不是以前的燕子
但麻雀还是那群麻雀

屋檐下长满了杂草
门上的铜锁也锈迹斑斑
但还能看得出那大门曾刷过油漆
夏有雨冬有雪
嘿嘿,锈迹是藏不住的

老屋老了!你可以说疏于管理
但是,谁又能不老呢?
就像我和你,无论怎样地打理
白发染不黑,皱纹抚不平

以上选自《新玄幻》第 6 期

小芳的蘑菇

◎唐芳磊

捏、揉、推、敲、搓
夜风中的微雨使得一手好功夫
大山小山痒了一夜,也笑了一夜
黎明时,小芳的巧手采下了
一篮山耳朵
村里后生们的眼睛都长在她身上
我却只想,躺成她篮子里的那一朵

零点钟声（外一首）

◎铎木

让我与零点的钟声独守一处
或对峙,用一种尊严
带来一场大雪
一个小女孩,用嘴唇贴着玻璃

一些幻觉从玄幻中脱身而出
说出真相前

是一群从未被激怒过的小雪人，它
喊着梅山的名字

前沿是一些荆棘，即将被钟声覆灭
夜色更为恣意
在南岸，灯光缚住了钟声
我不想描摹，最后那张日历上
留着江南的模样

倾听的，仍是弯腰的垂柳
夜色已失去了吟唱

不再恐惧

在夜色中呆久了，不再对梦中人
产生恐惧
他说，他已经让这种忧伤麻木
像从枯叶上掠过的风
像从枯骨上退下的月

这些都是合理的布置，具有精致的
美学和理性
一切不可更改的事实被夜色紧裹
涉及到某个细节，可窥见
一点磷火，一处霉斑

时间不会老去，老去的是

黑夜与齿音
再锋利的诗句也无法撕破这种黑暗
只有点亮那盏马灯，寻找到
神的旨意

船到江河的驿站

◎徐有福

在山野上，谷内风已饱满
远行时挥洒的是什么样子的步态
何处有江河的驿站
离去重复，流行满满的自由
每个女人都是驻足的那朵百合
心中的峰林长起，船已经扬帆
不去打扰犀利的疾风，不去故意徘徊
两边的悬崖长满了心事
独留，用山的绵延感觉
用凉薄触碰温暖和交情
叶子惊起千土，覆盖不羁的花萼裂片
披针形的锐气逆流成五月的鲜花
世俗的火焰被青草覆盖
结成蕊蕾的茂云，长帆一望如雪

以上选自《新玄幻》第 5 期

枫叶红了

◎杨进汉

霜风　扯着我的衣襟
把我拽到一棵枫树面前
看光阴把季节点燃

人近老年　没有太多
可供燃烧的叶子
我已然听到　落叶
敲打骨头的声响

冷的变暖　暗的明了
时间被一一擦亮
枫叶红了　身后的路远了
眼前的路近了

岁月　总是
选择最阳光的方式
打开自己的收藏

选自《新玄幻》第 2 期

《凤凰湖》诗选

　　《凤凰湖》2017年创刊于浙江桐乡，半年刊。社长、主编康泾，副社长王净，理事向宣黎、陆岸、沈志宏，顾问梁晓明、伊甸。为推动浙江诗歌阅读、欣赏、创作起到一定的引领作用。

和 解

◎胡佳伦

手谈。也可互搏
世界终究是黑白　但允许错位
允许与尘世适度的交手
掰过手腕　与生存的棋盘和解

人生的路太长
纵横交错的纤陌　线条的迷宫
允许与绊脚石和解

走过的坟场也多
允许与夜鬼和解

在大海的漩涡中求生的人
允许与失意的黑洞和解
与礁石的耻骨和解
漏洞百出的帆影快要抵达那座孤岛了
允许与噬血的鲸鲨和解

棋盘太小了
我们大都是过不了河的卒子
世界虚无　我内心

深藏着对手、仇家、宿敌
我正掂量着
是否值得与他们一一和解？

谈

◎康泾

让我谈一谈尊重。请坐好了，
不要插嘴。在你面前，
我像旗帜，朝每个荒郊野岭
发出枪响，弹无虚发。
凭这点，就该享受一朵花的绽放。

让我谈一谈理解。我的胡子为你而生，
我的视力为你下降。我已看不清
多年前的悲伤，为不慎滑入而落泪。
而我说出的故事，都发生在别人身上。

最后，让我谈谈信任吧。我失去的
只是数量。我的忧伤全在
白发上消长，我的黑暗却在无限延长。
已经没有喘息的机会，拿时光
来浇灌城堡。我在原地坚守多年，
像无数珍珠被蚌壳悄悄隐藏。

爱情让诗歌到处开放

◎向宣黎

埋葬了过去的文法和修辞
诗歌从五月的荷塘升起,开枝,散叶,吐蕊
灵感像晨露,翻滚着灵动、晶亮和滚圆

我携一本诗集走进唐朝的下午不为阅读
只等陪夕阳看离人泪、西风怨、闺阁情
爱情从诗经里出走,在元曲里缱绻

我忍着阵痛,把她从热泪里捞出来
手足无措到处安放
最后轻轻放进午夜梦中的最深处

梦中的荷塘,羞涩像三月的青青麦浪
没完没了地轻轻起伏
我一回眸,一低头,一转身

诗歌到处开放
好看的花瓣,一瓣瓣落水有声
诗心带着荷的清香,寸寸楔入籽实

闹钟响起（外一首）

◎ 南方嘉树

时间总是以设定的方式
打开阀门。黑暗的黑色流出眼眸
白色的鸟鸣流进窗棂

昨夜的物事，都成了消逝的永恒
星光，夜风，残梦
和梦中的呓语
时光的鼓槌，这一刻紧握在

上天的手中。妻子在厨房忙碌
米粥的香味氤氲传来
有脚步，从屋外的街道跑过

节奏急促。闹钟的脆响回归重复
我爬起身来，再一次
走向熟悉的生活
又一次走向陌生的生活

雪，是结束岁末最好的形式

以一朵花的模样，结束岁末

雪,是最好的形式
符合更多人的心境。时序转换

争执与调和,寻觅一个平衡的
支点。一枚雪花做到了
凛冽,晶莹,直白,缠绵

让随风盘旋而下的寒意
升腾出喜悦的热情。雪继续下着
不徐也不急,就像时光的

手指,轻轻翻阅着岁月的册页
落雪无声。洁白的轨迹
丈量着与桃红不再遥远的距离

鸟与江水

◎程叶笺

鸟,在变成你的想象之前
俨然是一个人,或者,是花瓣
只是它无法挣脱翅膀的束缚

在翅膀下,鸟要背负整个天空
晴云,或者雷暴,飞翔是它一生的债务
它偿还,从一座山到另一座山

你在江边默默观看一只鸟,你可曾想过
此刻,你正是它的同类
失去语言时,它正是你尚未表达的部分

把广袤的天空节省成一只鸟,或者
把江水节省成一条鱼,才会懂得
我们一生的言辞,终将回归到"嘘"的一声

我被刺毛蜇了一口

◎烟雨江南

无需同意,也不等我察觉
瞬间的刺痛,足以惊醒每一个器官
破碎一场十里寻芳的梦

知道大概被哪个物种咬了
但不确切被谁咬了
树上的每一片叶子都风平浪静
每一个果实都不动声色

除非有足够的耐心
去逐一翻看每一片叶子的背面
才可能抵达真相
不过也得随时做好,在又一次猝不及防中

被蜇上一口的危险

我爱上这片锈迹斑斑的梧桐叶

◎沈志宏

我爱上这片锈迹斑斑的梧桐叶
爱上它闪烁着汁液的
饱满的青葱岁月
而现在那些寂寞的空洞
仿如一段支离破碎的旧歌谣
在阳光和记忆间回旋
温暖了干燥的灵魂
让视线越来越干净
让数不清的疼痛和怀疑四处消散
蒸发了秋天的秘密

哦，这片已被世界抛弃的梧桐叶
以爽直的边缘
切割着那些带上我体温的日子
让我可以躺在冬天的骨缝中
在明亮的黄昏里
细数彼此的馨香

以上均选自《凤凰湖》2018年上半年刊

《鲁西诗人》诗选

《鲁西诗人》1995年5月创刊于山东聊城,创办者张维芳、姜建国,主要参与者、支持者张军、姜勇。办刊理念为启发和督促诗人们拿起笔来,写出精美的、不拘一格的诗篇。组织本地作者多次参加采风活动,举办诗歌大赛、朗诵活动六十多场。

自己的生平（外一首）

◎刘星元

今夜，那个全城闻名的疯子
那个戴上拆迁户头衔就疯掉的
居无定所多年的疯子
得到了更多的雪
县城何其大，他在找家的路上
脚底一滑，将自己
轻易就复制在了大地之上

此刻他尚是黑的
雪还未将他覆盖
再过一会儿，他就是白色的了
雪白的白，洗白的白，白折腾的白
干干净净说的是这个白
空空荡荡说的是这个白
乏善可陈说的也是这个白

夜将更深，雪会更大
彼此对峙的它们
还将继续动用天地，但决不会
动用声色。哦，始终如此——
天地无一言

大雪满江山

磨损之书

日渐衰老的豹子走入黑夜
隐藏了自己的斑点
像一个落幕的英雄
在众人的目光之外,低着头
慢慢扯下自己的勋章
扯下行过的路,喝过的酒
以及爱过的女人

磕着长头去远方朝拜的信徒
只身穿过喧嚣的众生
并被众生围困了一生
哪里不是地狱,哪里不是
神的所居之地
他如一艘搁浅的船
用时光在自己的胸口划满十字

昨日之酒与今日之酒
还在胃里打架
城池已经破损不堪
一无所有之后,它们将握手言和
向我臣服
哦,我是它们的神
养育一场战争

再消弭一场战争

最小的小（外一首）

◎刘采政

拥着，挤着，凌乱着，纷纷扬扬，浩浩荡荡
没有天空，没有大地，没有山，水，树木楼宇，飞鸟走兽
我的眼里苍生无形

只看得见
白茫茫这眼前的雪

都顺着风的方向
不知道
它们具体来自哪里
又将飘往何处
我不想问

忘了说
——我是其中，最小的一片

止疼梅

大雪停成

一片白色的处方笺
梅花
亮出一粒粒止疼药

这几粒,治疗慢时光里的偏头疼
那几粒,治疗快节奏中的骨质增生

粉红花骨朵
摇晃羊角辫里娃娃脸
淡黄花骨朵
悬着蓝围裙上红鲤鱼
以及一只跛脚猫的往事

服用月光,还有暗香
岁月,从此,静好

以上选自《鲁西诗人》2019 年第 1 期

微风吹拂（外二首）

◎丁占勇

也许就是她,悄悄地掀了一下
武媚娘的盖头。唐朝差点不姓李了
然后就藏匿起来,一千年不说一句话
今天,向阳坡前,这十亩桃花

在微风中震颤
又有多少人看见,春天

一朵花的下午

靛蓝色花瓣,静守灯盏的微芒
独隐。在绿茵场的墙角下,攀岩,摇曳
面对这个世界,她封疆,建国

她仿佛是,感觉到,下午的静谧和安详
像天空被乌云擦过似的绽放出,骨朵里深藏的辽远

石头上的光

那一束阳光,是怎样
推门而进的
时刻,提醒自己;低头和侧身

站稳脚跟的时候
也要注意,抱紧怀里的石头
多少人知道,拒绝方式非常简单

驱散尘埃,又一次从屈服中走来
只是想,把人间的山阴搬开

繁花起落（外一首）

◎ 翠薇

我正抱着手机读《鲁西诗人》
公众号里的一组诗：
"小雨飘过像一只早春的蝴蝶，频频降低天空"
荧屏上一瓣一瓣翩跹的桃花落下
诗里有春水溢出
作者为江苏南京的一位先生
他此刻也许正在南方青梅煮酒
我在中原看诗里梅花妖娆

诗笺穿越时空，轻盈抵达
——邮箱里满是斑斓的春光
生活中的河流有时会偶尔浑浊
诗意栖居的日子，河水便还原清澈
美句总是让人温婉熨帖
——我的身边，繁花起起落落

仲春午后

他戴着口罩、眼镜
双手掌握小型割草机的方向
给一排冬青、小叶黄杨打理发型

我不肯走开，在他身后跟着
看叶片细碎纷飞
甚至捧起一把放在鼻子前轻嗅
这是一种熟悉的气息
特有的香气醒神，不亚于花朵
开满我的心上和仲春午后

我替这位师傅遗憾
这么辽阔、美妙的清芬
他竟然用戴口罩的方式拒绝
我追着一地的散落
就像追着难以割舍的旧事前尘

以上选自《鲁西诗人》2019 年第 2 期

《大荒》诗选

　　《大荒》2015年11月创刊于贵州普定，创办者孙守红，主要参与者老象、哑默、发星、吴若海、孙嘉镭、董辑、敬笃、阿门等。办刊宗旨为续脉、黎明，以诗歌介入现实，呈现边缘的力度。2019年在微信公号dahuang1002（大荒）推出"黎明诗典"，开始展示黎明诗学的典范之作。

鼓藏魂

◎孙守红

1

月光再次清澈。风的臂力敲响寂寞的铜鼓
青色的雨，鲜艳的披风和古老的百褶裙
在巍峨的绵绵群山上醒来

点燃雄壮的火把，找回
一路奔走的那盏心灯

是枫香的红叶恩赐了这一方的土地
鬼师辗转的词语，敲开了一条条回乡的道路

鼓声中，飘荡来自天堂的祖灵
在温暖的爱欲中，孩童一般的梦
开始唤醒苗家的山寨

2

寨头的桃花，是众神承露的手掌
遥指未来，星光在穹顶颤了一下
震颤人心的音乐流淌

木鼓浑圆，乐声摇曳着辽阔的梦

一个村庄，慢慢醒来

浪迹天涯的游子，回溯温暖的家园
嘤嘤喁喁的咒语，引导我们

映山红静静开放
风中的晨露，在山野里璀璨
绽放出万丈光芒

3

群鸟喑哑之时
仙马村的百灵鸟
绝非二十世纪诞生的天籁

苗家少女，背着民族千万年的呼吸
蓝天之上，金壁之下，谁听见神的声音

竹林轻轻地摇曳，青山重重叠叠
隐秘的核桃树，偷听少男少女的耳语

淡蓝的月色，仿佛刚刚来临
少女凌波的乳房坚挺
喷涌激动的甘露

4

岁月无尘，口弦无声
山上的牛吼，不是岁月掠过的回声
一个民族在呼唤自己的祖灵

环绕祭祀的木桩,把思念的灵魂唤起,融进
千年迁徙的源头。没有唢呐,山寨的历史时开时闭

寨老祈祷星光,民族苦难的伤口
一个一个唯恐睡去的夜,被火把和鼓声一次一次地震惊

危险从土地开始
在西北方向升起的战旗,像饥饿的恶龙
永不疲倦地舔食着惊恐的头颅

5

记忆从仙马塘干涸的泥污中升起
开裂的嘴唇张开
谁是世界的主宰

大地之上弥漫追逐与厮杀
桃花树下充满狂野自由的交媾

世界最坚硬的头颅,在黑暗的池塘中洗手
波光潋滟的温柔,暗藏杀戮与驱逐的罪恶

在另一个世界重生,凝视这个水球的历史
充满抢夺、杀戮、追逐和罪恶
没有开始,没有终结

6

朝着仙马村的方向,朝太阳升起的方向

爱与恨的激烈,在瞬间的长啸中燃烧
生与死的纠结,在时间的抚摸中消亡

封藏一切的是语言
冲决一切的也是语言

所有的回忆都是鬼师溃散的咒语
一部苦难的诗章直抵我的咽喉

朝向世界的咒语,灵魂在奔波探寻
历史在寒冰中冷笑,朝向火焰的舞蹈
火焰,只有火焰是温暖的

7

大西南的群山,包裹所有的疼痛
夜晚的星辰,抚过血肉模糊的脚印
迁徙,安顿。在这里生儿育女

青草的芳香,如正午的阳光
燃烧起生命的希望

奔逃过程中的惊恐
并没有随先辈肉体的颓丧而消亡

身居密林,我伸出颤抖的手臂
靠近神迹,我用一针一线编织历史
奇异的服装上,承载着难以言说的苦难

8

穿过黑夜，我的手
点燃放置村头的柴火
目光在火焰中升腾

掠过鼓面我开始倾听
深陷于寂静的音响

灵魂喧嚣，肉身静寂
我看见，先辈们在血和火之中

逃离，在西南的一隅
扶住这一片摇晃的土地

来到这里，在历史的黑暗中
祖先们以老牛一贯的姿势，躺下
怀抱凄凉的明月和露水

9

用火一样的激情
敲响静默的木鼓
我回到村庄

以雄鹰的姿势俯瞰
深渊中的天堂

众神恢复了歌唱的能力

历史在语言的芬芳中流淌

闭上眼睛,想牢牢地记住
那些奔腾的形象
祖灵,在心之宫中成形

10

灵魂,鼓点中归位
我伸出干枯的双手
紧紧抱住你们的形象

呢喃声中弥漫先祖的语言
祖灵的回望,喷洒成漫天血色

恐惧和泪水
在坚强的眼神中消退

一阵风,开始讲述新的春天
没有谁能够湮灭
一个民族智慧的历史

11

血魂的波动之下
一曲古老的歌谣
讲述,一切

每一个夜晚,我都在仰望星空
每一个清晨,我都在祈祷太阳

千年的绣片,在火把照亮的太空中微颤
轻柔的丝线,在太阳抚摸的梦幻中炫舞

荒凉的云贵高原上
浑厚的鼓点,越过千年
淬炼一个民族的灵魂

选自《大荒》第1辑

《中国现代诗人》诗选

《中国现代诗人》2010年7月创刊于吉林长春,不定期出版。创办者周平、燕杰、王有财等,代表诗人燕杰、韩东林、雪馨、毛鸿斌、王开山、章洪波等。依托中国现代诗人网,坚持"质量第一"的宗旨,坚持纯文学发展方向,雅俗共赏。

搬运时光（外一首）

◎胡有琪

搬得动的只是时光的黑白，搬不动的是山的沉默。
路，每天都在忙忙碌碌地搬运路。
天一黑，躺在那里原地不动的，还是路。
寺苦口婆心地念经，想把人搬运到天国，结果却是把香搬运成灰。
塔，总是一手指天。
云的脸色大变。惊慌失措之后才发现，塔什么也没有说。
塔仿佛胸有成竹，其实，心是空的。
这么多年，塔把云搬来搬去。云笑过，云哭过。
到头来，塔还是塔，云还是云。什么也没有改变。
风，总是对不屑一顾的时光大发脾气。
时光像沙一样在指缝间溜走，风总是脱了一层皮又一层皮，无地自容。
铁扇公主的扇子，可以把孙猴子吹走十万八千里，却无法撼动一颗佛心。
谁见过时光老去？老去的只是我们的一颗心。心老了，天就黑了。

痼　疾

我疼，血又在流。一滴、两滴、三滴……
但没有人问我为什么流血。
人们纷纷发声，却是在赞美我流血时，没有痛哭，没有嚎叫，没有软弱，没有倒下。
他们还纷纷赞美我的伤疤。说我的伤疤格外引人注目，像英雄的勋章。
我的个妈呀，我是不是病了？还是其他人精神上有病？
瞬间，我被人为拔高，成了人们崇拜的精神力量。

我只好苦笑。只好暗地里捂着伤口，自己为自己包扎，自己舔自己的伤，止血。
出门行走，不再诉苦，不敢喊痛，不能亮出伤疤。
暗地里，我却像祥林嫂反来复去，絮絮叨叨：我不是英雄。
我是一个屁民。最多是一个草民。
受伤了，我疼。我真的疼，不是假打。
哎哟，我还是忍不住喊了出来。此时，谁给我止伤，止痛，他（她）就是仁慈的上帝。
阿门！

故土（外一首）

◎风吹的方向

记得那一刻，不是顺风
村口的一只鸟，头也没有回
飞离了故乡

我是害怕，多看一眼老屋
眼泪撞上母亲的目光
多看几眼田野，被庄稼拉住
一遍遍唠叨

母亲走后，为了谋生与糊口
像风筝
我觉得什么都忘记了
可是每次听到，看到小村的名字
还是不由自主凑过去打听

梦中的小屋

一定要临水而居
是否有美妙的秋千没有关系
有几条常青藤
你和我，足够了

日复一日,我们像两只松鼠
每个清晨手牵手出去忙碌
年复一年,每个傍晚立在门前
用习惯的目光等待另一个

多年后,这些常青藤老了
我们还是喜欢
守着那间幸福的小屋

石榴花开(外一首)

◎疾风骤雨

在点线面里找寻契合
是你谋生的手段,至少在目前
时不时把自己提起
扮成外柔内刚
假装眼中可以揉进所有涟漪

夕阳收尽光线
你用道路掩饰孤独
站在一棵不会说话的石榴树前
彼此成为秘密

石榴花开,用内心的柔软

撑开外表的刚毅
拿捏风的分量
夜在铺陈
更后的空茫，谁也不愿提起

以上选自《中国现代诗人》第 11 期

故　土

浮起来或者沉下去
总能触碰到内心最柔软的部分
比如一次耕种，一次抽芽
仍然保留着婴儿般清甜的声音
支撑着缕缕炊烟

掩盖城市的迷茫与单调
几只候鸟是最有发言权的
否则，它们不会一次又一次
抓起长在故土的稻草
来安抚自己

那个从此岸渡向彼岸的人
在黄昏
站上故土，剥开曾经种下的心
一种失而复得
向深夜更深处漫溯

选自《中国现代诗人》第 9 期

站起来,不只是一种行走方式

◎麦田

粗粝的寒风扯着嗓子
惊醒了生活在低洼处的人们
最先惊醒的是一缕瘦弱安详的炊烟
咳出血的旱烟袋蹲在墙角
和拉犁的老牛反刍着暗淡的日子

村庄的心事越来越重
大雪、冬至和即将递进的年关
打量着父辈们渐渐僵硬弯曲的脊梁
不得不说,在苍白的岁月里
站起来,不只是一种行走方式

枯燥阴暗的皱纹、干瘪的手掌
以及早已撕裂沉默的皮肤
都是哽咽在记忆深处的意象
那些在尘世中跋涉的人们,即便
渗着血也要极力站在刺痛的日子上

选自《中国现代诗人》第 11 期

立秋,风从故乡来

◎黄谷子

时光,一块块被搬走那一条山路,是另一根脐带
至今,没有从我的身上脱落
时常坐在空空的草地上,侧耳倾听
远处秋虫的呢喃和几声犬吠中
山坳间的小屋传出父亲熟悉的鼾声

沧海桑田的漂泊里
我一直把乡愁这只鸟
养在自己的诗行里
用它的歌声温暖儿时的梦乡

今夜,星光灿烂
又是谁给风安上翅膀
我在稻黍熟透的清香和泥土的气息
隐隐地听见,母亲坐在桂花树间轻唤着我的乳名
以及疏离的枝头叶子归根的声响

选自《中国现代诗人》第 10 期

秋日私语（外一首）

◎梅兰竹菊

一切都是真实的。秋日的时光
有远山、近水、鸟鸣、枫韵
梦起飞的地方，有指端放飞的曙光
托起天无尽头的希冀，及漂泊的远方

把阳光与月明，交给晨曦与暮晚
朗朗的读书声，就会在流年的懵懂中回旋
白云在季节之外，丈量体内的泉水与花开
你独坐自己的江山，一次次酝酿翅膀的飞翔

让时间回头，一首儿歌
忘记了歌名却很清脆，悠扬
在故乡的原野，小桥下的流水声、孩子们的嬉戏声
彼此起伏
与校园的景致相融，再次唤回了岁月留香的童年

选自《中国现代诗人》第11期

青檀树

我习惯了,这样站着
伸开双臂,眺望有你的远方
让生长的年轮,彰显凹凸的光影
繁茂成一树,挡风遮雨的绿荫

晨钟,是我的早课
我每天从梵音中,寻找
禅意的浮云,用一朵莲花占卜
来世,今生

你不在的日子,暮鼓声中
只有溪水从我的门前流过
你远去的背影,像秋天的落叶
在我的心里刚刚落下,又被秋风吹起

选自《中国现代诗人》第 10 期

《夏季风》诗选

　　《夏季风》1985年创刊于江苏张浦,季刊。创办人老铁。2002年,《夏季风》网络诗刊诞生,成为国内最早的网络诗刊之一;同年,构建"夏季风诗歌论坛"网络平台。坚持百花齐放、百家争鸣的办刊宗旨,瞩目思想内容、艺术手法有新意的文学作品,挖掘、重推新人,以开放的理念接受各路作者的佳作。经常举办诗歌沙龙等诗歌活动。

老家具（外一首）

◎夏杰

从时光里站出来，也是一种无奈
像某种松动，某种不易察觉的呆滞
那些沉重的颜色从来不是
它喜欢的，但又如何？
屋瓦下摇晃，有叹息也从来不是
给它的，榫头掉出了它内心的惶恐
这是为生活准备的，也是给它
透了一口气
"摇摇欲坠地活着，还不如做一棵树"
哎，情不自禁啊
像我松动的牙，像屋檐下晒太阳的
父亲，打着盹
都被一道填空题找到了答案

瓦楞草

我们说的高度，比屋脊要精细
但无人提及，在高处如何把根藏起来
如何不被风做点手脚。

——尘垢的初衷已站不住脚

老槐树把天空拉下几十公分时
瓦当细小的裂缝也能说出大话了
是的,语言的匮乏如同草籽在寻找无限性
而此种无限,正在村庄疯长

旱与涝,从它面前滑过,来不及与人间打声招呼
就把自己抛入脑后
而父亲不停的咳嗽声,是否会拔高
一群瓦楞草宝塔的形象,以及
我们说的高度……

选自《夏季风》2017年冬季卷

词语(外一首)

◎老铁

花谢了,景不枯
满地落英,鲜活不再
树枝弯腰,不是苍老和疲惫
弧形的个性是一种标识
弹拨着二十四景的片言只语

玉山草堂是一首诗
句型长短不一,二十四种词语互不雷同
字里行间水潺潺,大美音韵
流泻出——莺燕双飞之美

并蒂花开之美,埙篪叠奏之美

东阳澄湖执着向前
被一群鸭子牵入,纯属意外
鸭子的默契,一不小心划破了云
使柔软变得尖锐

瓦　解

这幢建筑,年富力强
跨过了一个世纪
却没能逃脱一个年份的杀戮

轰鸣声,以跨年节奏
摧毁抒情和浪漫,撞击声辞旧迎新
音乐、香味和残梦搭载尘埃
从舞池、餐桌和温床间
仓皇出逃,漫天飞扬

昔日的金碧辉煌和花天酒地
被挖掘机漫不经心地瓦解
一些旧时光,于无数瓦砾中倾泻
狼狈爬出,无家可归,面孔尴尬扭曲

建筑的前后左右,分别是
学校、园林、寺庙和我的家

选自《夏季风》2018年夏季卷

粽子（外一首）

◎刘亚武

春风已吹过山河僵硬的腰肢
接下来，将有更多的炙热
照临水面，完成水与火
更深的交织，与荡漾

没有吃到粽子的人，他的悲伤
早已远去。国家的疼痛，仍在
箬叶的棱角仍在
坚实的三角截面或锥体仍在

软糯如珠玉的众体仍在
甜蜜的红枣
或温婉的蛋黄之心仍在
形而上的青雾与芳香，仍在

哦，你所有的尖锐，已面慈心软

阳光干草

这光线，历经春秋删减

稀薄而沉默,将一张泛黄的面膜
粘附在万物的脸上

我们靠在北风的背面
只需要一小片,阳光干草
就够了

整个下午
在一处岑寂的小树林里
我曾恍惚过两次

每一次都只有短短几秒
有时如初生婴儿
有时似白发老者

选自《夏季风》2019年夏季卷

变形记

◎江浩

面坯送入烤箱的样子,我记得
面包拉出烤箱的样子,我也记得
期间,发生了什么?
我看不见,就像
一个瘦弱之人,变得肥胖

清澈眼睛
变得浑浊的过程
我看不见，你也看不见
事物总是从内部缓慢地发生裂变
你吞了不洁之物？
直视了，焊光，落日还是霓虹？
外部影像抵达成内心的烙印，习惯
像酵母在你体内凝结或者膨胀，直至呈现
你我都不曾想的样子

选自《夏季风》2019年春季卷

闲来时光

◎澄清

雁声划过云海
取山泉煮茶，听林中蝉鸣
分不清身在江南
还是秦川

一壶紫阳好茶足矣
能饮出一轮明月
对着寂寂山林，吼出那一腔
肝肠寸断

闲来时光,易老
时光垒出石坡
看日出的人静静躺下,松风摇曳
松果不时敲打石块

选自《夏季风》2019 年夏季卷

奔 月

◎许卫球

从未停止
对一枚月亮的触摸。火箭从海面升起,
带走一轮明月。带走飞船,又带来
嫦娥下凡,在月亮背面,那是她故乡
的一个情节。从未停止的想象
一抬头就永存。大飞机的暂停暂停不了,
小汽车的跑偏跑偏不了。与之媲美,
列车呼啸,悬浮之心不曾摇晃。
海上又生明月。花好月圆,不仅仅是
序曲。40 亿年互为故乡。当越来越遥远,有人踏上,
取回地球的岩石。我们在背面
一次最深的撞击,竟也如此静寂。

选自《夏季风》2019 年春季卷

人间芳华

◎沈学妹

再去看那盆月季,已半月有余
那里长满人间芳华

酱麦草露出,丛间的防风
开点点白色
无惧花茎上密集的刺,花枝渐往高处长去
花骨朵探出粉唇

更多植物,挨挨挤挤
互相让出空间,开各色的花,结
各自的籽儿
有一点风,彼此点点头就好

选自《夏季风》2017 年春季卷